軽井沢・細川家の庭で

川端康成（かわばた・やすなり）
1899年、大阪生れ。東京帝国大学国文学科卒業。1921年、菊池寛の了解のもと、第六次「新思潮」を発刊。1924年、横光利一らとともに「文藝時代」を創刊。新感覚派作家として独自の文学を貫いた。1948年、志賀直哉の後を継ぎ、日本ペンクラブ第四代会長に就任。1958年、国際ペンクラブ副会長に選出される。1961年、文化勲章受章。1968年、日本人初のノーベル文学賞を受賞、記念講演「美しい日本の私」を行った。1972年、逗子の仕事部屋で死去、自殺と報じられた。1973年に㈶川端康成記念会により「川端康成文学賞」が設けられている。
『伊豆の踊子』『雪国』『古都』『千羽鶴』（芸術院賞）『山の音』（野間文芸賞）『眠れる美女』（毎日出版文化賞）など多数の作品がある。

月下の門

川端康成

大和書房

目次

1

2

3

4

1

月下の門

一　政子の手紙

十一月の中ごろ、京都からの帰り、特急の鳩に乗ると、通路をへだてた横隣りの席に、裏千家の息子さんが乗っていた。つれは京都の道具屋さんだった。明後日、鎌倉の八幡宮に裏千家の宗匠の献茶があって、その副席として四席釜がかかるはずで、京都の道具屋も席を受け持っていた。

後の話になるが、この道具屋は鎌倉にちなんで、伝平政子の手紙を床にかけた。宛名は「佐どの」とあって、頼朝あてだという。言葉は写し取っておかなかったが、恋文じみたものである。散らし書きのようなのもおもしろかった。読みにくいところもあった。茶席で私は興味を持ったので、後に道具屋が私の家へ見せに来てくれた。値段を聞いた時、私は一桁まちがえて受け取った。上の桁の方に勘ちがいしたのである。それでも買いたくなりかかったほどだから、一桁下では安いけれども、私には政子の真蹟かどうか、見当がつきかねる。とにかく鎌倉初期の女文字であればいいのだろう。しかしそれも私にはよく分らない。頼朝あての政子の恋文がほんとうにあれば、おもしろいにちがいない。静御前の義経あての恋文などが、もしのこっていたら、これもおもしろいだろう。

古いものの値段はどうにも考えられるので、前にも浮木の碁盤で一桁まちがったことがあった。二つとか三つとか、四とか五とか言われて、二万円か二十万円かは、聞く方で当然分るわけが、類品の少い品物では迷う時もある。鎌倉のある老人のところへ、谷川徹三氏といろいろなものを見に行った。浮木の碁盤が出て来て、私は驚いた。浮木の碁盤というのは、本因坊家の宝で、跡目相続のしるしに譲るのが、昔のしきたりだった。ところが、明治のころに本因坊家から失われて、行方が知れない。二十一世本因坊の秀哉名人には伝わらなかった。今、浮木の碁盤と称するものが、三面とかあるそうだ。これが本物だと老人は語った。骨董屋風に言って、箱もいい。碁盤も時代の味がいい。裏に村瀬の焼印がある。村瀬秀甫夫人の手紙もついている。老人の家を出ると、谷川氏は安いと言う。私は高いと思っていた。谷川氏と私とでは、一桁ちがって聞いたわけだ。

昔の碁盤のことで薄いし、木目もよくないし、今の碁盤としては価値がないが、碁の歴史では無上の名宝である。埋もれさせておくべきではなかろう。浮木の碁盤で私が時々打ってみるのもおもしろいし、日本棋院に寄贈して、本因坊戦の打始めなどに使ってもらうのもいいだろう。また私は秀哉名人と縁があって、「名人」という小説も書いているほどだから、本因坊家の浮木の碁盤を持つのも縁の名残かもしれない。本因坊家は秀哉名人で絶えたようなものだ。谷川氏の値段ならいいと思って、老人に電話をかけてみた。やはり谷川氏の桁はちがっていた。日本棋院の関係者も買おうとしたが、高いのでやめたと、後に聞いた。

終戦の翌年あたりのこと、私は十年ほど住んでいた借家を明け渡さねばならなくなって、家をさがしていたが、ある日周旋屋に案内されて見に行くと、偶然にもそれは秀哉未亡人の家であった。未亡人は後を私に住まわせたがって、ずいぶん値引きし、払いようも考えてくれた。しかし、借家が見つかったので、私は買うよりも楽な方にした。未亡人は残念がった。その家は売れ、未亡人は淡路島へ移った。向うへ着くと直ぐ津浪にあい、間もなく病気でなくなった。鎌倉にいれば、死ななくてすんだようにも思える。前にこの家の話があり、また浮木の碁盤に出会ったので、今度は買っておかねばという気持も動いた。縁というものは不思議なものである。しかし、浮木の碁盤は作りにやはり時代の気品があるとしても、古美術というものではないようだ。

二　大雅の仁王図

私は光悦会の帰りであったし、横隣りの席の二人に茶の話など聞いていて、名古屋駅でホオムの散歩に出てみようとすると、うしろの客車の入口近くに、呉清源九段の乗っているのが見えた。呉九段は眠っていた。ホオムに出て窓をのぞくと、呉九段の横隣りの席に前田青邨氏夫妻が見えた。汽車が動き出してから私はうしろの客車に行って、青邨氏と話をした。その時も呉九段は眠っていた。首を真直ぐ反って、秀でた寝顔がやや大きく見えた。私は京都から池大雅の「五君咏」の画巻を持って帰るところなので、青邨氏に見てもらうことにした。

ある人が大雅の「十便十宜」をけなし「五君咏」をこれこそ神品とほめていたのを、私は「南画研究」で読んだおぼえがある。無論、異を立て過ぎた言葉であろう。版画家の棟方志功氏などは、大雅が版画のために描いた「瀟湘八景」を最もいいとするらしい。

これら三つはそれぞれにずいぶんちがった描き方である。「五君咏」は大雅としては珍らしく、細く鋭い線描である。私でも短い年月のあいだに、大雅のいろいろな描き方を見おぼえさせられた。今度京都で見た「金剛力士図」の双幅なども珍らしかった。その仁王の図は私のところに来ぞこなった。「五君咏」を持って帰るのだし、年の瀬に近く、八方に払いがかさんでいるから、私はためらったのだった。また、極彩色の仁王の図は私たちの家の床にはかけにくい。

それに金剛力士などというと、鎌倉から前のものが頭に浮かんで来る。鎌倉時代から後の仏教美術は、もうだめである。室町にも少しいいものはあろうが、まあだめである。大雅が大画家でも、その時代の信仰が衰えているから、どうにもしかたがない。また五十半ばで死んだ大雅は、八十九まで生きた鉄斎ほどの観音も描いていないようである。「岩に菊」という短篇に、私は石造美術研究家の意見を借りておいたが、墓の石塔などの美も鎌倉が峠で、その後はひどく下っているということだ。ある一つの種類の美の仕事が下り坂の時代に、その仕事に一生をゆだねるのは、かなしい運命である。

こんな見方をしてみて、今の日本の小説はどうなのだろうか。明治は西洋の影響で盛んな上り坂であることに異論はないが、昭和へ来ると議論がある。日本の近代小説はまだ発達の途上と私は思いたい。しかし、明治から後の作家で、その作品が時を経ても新鮮な生命を保ちそうな人は、まことに少いようである。徳田秋声氏や志賀直哉氏などは、そういう人であろう。私にしてももう三十年間、変らないで読み続けているのは、志賀氏のほかにない。ところが、永遠の文学などというものは、もう作れない時代が来たかとも疑える。私はあまり読んでいないけれども、近ごろ翻訳される小説もそうなのではないか。書かれた時にしか、その短い時にしか、生きて感じられないようなのが、今は小説の一つの傾きかとも疑える。いやな疑いで、疑うことがすでに病弱であろう。しかし、時代の不安と分裂のせいもあろう。

古美術、あるいは骨董というものは、最もいい時代の、最もいい作家の、最もいい作品を、これが私の与えられた教訓である。三流品や四流品でも、「楽しめる」とよく言うが、楽しめるでは趣味や道楽で、楽しめるにとどまるだろう。いいものに出会うと自分の命を拾った思いがある。日本や中国のものでは、私が絶対に買えないというほど高いものは、今のところほとんどない。金のあるなしではなく、縁であり、めぐりあいである。一つの例を言えば梁楷の雪景色、私はあの絵を心の糧としても前々からほしかったのだが、売りものに出て、急には買い手もなくて、さまよい気味だったのを、博物館に入ったと後で聞いた。見れば即座に買っていた。博物館ではおしまいだ。縁がなかったのである。高桐院の伝呉道子の山水図、智積院の伝王維の滝図などとともに、この梁楷の雪景図は、東洋の山水画のなかで私も好きなものである。近ごろも最高の茶碗の一つが動いて、これは私も無縁ではなかったが、借金だらけの折から気おくれがした。人生に敗けたようなものである。その茶碗を神速果敢に扱った若い道具屋の、ものに憑かれたような天才と度胸とに、私は驚いていただけで、茶碗は通り過ぎてしまった。私は買えないものはないと思っているだけで、実際は買えるわけがないのである。しかし、なんでも買うつもりで見るのは、ただ見るのとはちがうようだ。生気が動く。所有欲の働きばかりではないだろう。

大雅の仁王の図は古来の仁王の図様にしたがって描いたらしく、自由なおもしろさは少いし、また私の頭には鎌倉から前の仁王の姿が浮かぶので、私は迷ったのだが、家に帰ってから後も心に残って、くりかえし画集で見ていたりした。江戸時代の仏画としてはさすがにすぐれているだろう。また、大雅の仏画風な作品としては、最も謹直に丹念に写されているようで、やはり大雅の一面を代表するものかもしれない。そしてこの絵が私をとらえた一つは、仁王の顔が大雅自身に似ているということだった。大雅の肖像は弟子の描いたのが、二三知られている。その肖像の顔に仁王の顔が似通っている。大雅の人物画で、こんなに大雅に似た顔を、私はまだ見たことがない。この仁王の図は大雅の一つの自画像とも言えるだろうか。珍らしいことだ。大雅はなぜ自分の顔を仁王に描いたのだろう。意識的にか、無意識的にか。無意識的にそうなったとしても、描きながら、あるいは描き終って、大雅は意識しただろう。文人画風な理想の人物の多くに、大雅は自分の似顔を描かないで、この仁王に描いている。顔が人間に近くて、少し仁王を弱くしているほどだ。大雅の真筆ではなく、門流が大雅を仁王に見立てた絵と言う人もあるかもしれない。しかし、私はやはり大雅と見た。大雅の顔が私を呼んでいるようで、私は京都の古美術商に手紙を出した。私の手紙が着く一日前に、九州の文人画通が買って行った。古美術商は私に持たせたかったのだが、押売りもしかねた。九州へやるのもためらった。一日ちがいで私の手紙を見た時は、背筋に悪寒をおぼえたそうである。

三　呉清源

大雅の「五君咏」を持って、もう一度青邨氏の座席に行くと、隣りの呉九段が目をさました。藤沢九段と十番碁の二局目を高岡で打って、帰りである。これは呉九段が黒番で敗けた。後で呉九段が私の席へ話しに来た。玄人がみな呉さんに負かされるから、われわれ素人が挑戦するなどと私は言った。前に文人囲碁会の連中が、五目で打ってもらったことがあった。砂子屋書房の山崎剛平氏が一人勝っただけだった。呉九段は私の言葉にちょっと考えていて、西洋将棋の大家が一時に何人も相手にするのと同じ打ち方を思いついた。つまり、上手は何局もの碁を同時に打つことになる。話しているうちに呉九段は乗り気になって来て、豊島、村松、火野、梅崎などと、知り合いの作家を数えて、五人くらいがいいと言った。一列に碁盤をならべられて、上手がその前を行ったり来たり、立ったり座ったりではくたびれるから、五人くらいだと半円にならばせて、呉九段も座っていて五面を見渡せるわけだ。私は一束にされるのは少し不服だったが、まあしかたがない。呉九段は歩《ぶ》が悪いから四目で打つと言った。四目では作家方はそろって負けるだろう。正月になったら打とうと、呉九段はおもしろがっていた。日本ではまだ試みた人はないが、大勢を稽古する方法でもあろうと、呉九段は言っていた。

　十年ほど前、南伊豆の下加茂温泉から布良、小浦などへ、私たち夫婦と行ったことを、呉九段は思い出して、あの時の写真はみな焼けたと言った。下加茂の伊古奈という宿で夜ばなししていて、小説を上達するにはどうすればいいかと、呉九段はふと私に聞いた。私はとっさの返答が出ないで、碁はと反問した。頭のなかをきれいにしておくことです、と呉九段は一言で答えた。小説もまあそう言えばそうだろうが、呉九段の明らかな答えは私の印象に残った。その夜ふけ、呉九段は仏教や神道やその他の宗教の話をした。何年か後に璽光さまのとりこになったのは、よほどおかしいが、これには夫人のせいもあるだろう。夫人は純真無垢らしく、素直に信じそうである。呉九段にもそういうところがあるのかもしれない。将棋の木村名人などよりも呉九段の方が、悲劇的な天才に見える。呉九段は今も箱根の山の中に簡浄な生活で、世事にわずらわされることは極少く、囲碁と読書とに明け暮れしているらしくて、塵労を離れた高士のようだが、純粋ははた目にはなにか悲劇的ともうつるのだろう。

碁の天才が碁に生涯を澄ませているのも、なにか不思議なことと感じられないでもない。呉九段が璽光さまから離れて間もなく、作家との座談会があって、私も質してみたのだが、呉九段はやはりその時も、そして今も、神とか霊とかがあるものと信じているようだ。今はなに神と名を指すような神ではなく、万有に遍在する霊、あるいは天、道教的なものであるのかもしれない。中国の古画のなかの高士の生きた面影が呉九段に見られるのだろうか。

呉九段は知り合った作家たちからも、好意と尊敬とを寄せられている。碁のためばかりではなく、人の香気と品稟とのためであろう。私も呉九段に会っていると、ものを感じる。すべてすぐれた人は会う者の精神を清新に流動させてくれる。自分が年をとって来ると、そういう人の少くなるのはしかたのないことで、呉九段のように年少でそういう人は珍らしい。古美術を見るのも、そういう人に会うのと似ている。また、室町とか奈良とかも、今日に生きる自分と無縁の遠い時代とは思えないで、伝統と言うよりも、もっと身近に生きて感じられるし、一つの芸術を最も高まった時代のもので見る幸いもある。時を越えた長生きであろう。文学の古典を読むのも同じであるが、文学には触感がない。

智積院の滝図、高桐院の山水図などは、宗教画を見ているように感じられる。これらが宋画か元画か私は知らないが、宋の山水画は宗教画だという説もある。山を神と見ることもあろうが、山は神を祭るところ、天に近い高みとして描かれたともいう。絵を見ていて、そうだろうと思う。滝も天地の命、自然の霊と見える。梁楷の雪景色もそのような絵である。私は宗教美術、あるいは宗教的なものを感じさせる美術に、最も心をひかれる。そのおかげで文学にも、信仰をもとめてゆくことになるだろう。日本の昔に高い宗教文学はあるだろうか。これは疑問である。奈良や藤原の仏像、仏画、仏具、あるいは仏教建築のようなものは、純文学にも現われたのだろうか。たとえば「源氏物語」は仏教的とも見られて、反仏教的とも見られたが、宗教思想はそう深くはない。そのころの純文学は歌だったとして、歌の形には宗教思想を十分には読みにくいか、また読んであるのを、後人の私たちが十分には読み取りにくいか。鎌倉、室町の文学はほとんどすべて仏臭いが、その美術ほどにすぐれているのか。美術の桃山時代に、日本は文学を持ってなかったと言える。

信仰から制作されて、信仰の対象になった宗教美術が、私の心を誘うのは必然であろうが、私はその前で文学の来し方行く末を思う時もある。また、作者の個性の限界について思う時もある。天才的な若い道具屋が茶碗は井戸と長次郎とがあれば、ほかのものはいらぬではないかと、貧乏な私のために言ったが、その通りであろう。井戸は色も電燈の光りで柿色に美しいのを、私は夜通しながめていて歎声をもらす。長次郎は作者の癖が尖り出ないで美しく、楽茶碗はもう初代で出来てしまっている。文学も井戸と長次郎とがあれば、ほかはいらぬようなものであろう。とにかく最高の美といなければならない。

「新潮」昭和二十七年二月

黒百合など

この春、黒百合の花を二度見て、私には珍らしく、いや、初めて見たので、早速小説のなかにこの花を使った。

やや詳しく、いろいろこの花のさまを書いて、

「花の大きさは、開いて、一寸に足りないようで、七八分だろう。花びらは六つ、雌しべの尖は三つまたにわかれ、雄しべは四五本だった。葉は茎の一寸おきくらいに、幾段かに四方にひろがっている。百合の葉の小さい形で、一寸か一寸五分の長さだろう。」

と遂には花や葉の寸法にまで及んでしまっている。百合として普通に思い描くよりはずっと小さく、むしろ桔梗に近いから、寸法まで入れたのだが、植物学の本みたいに寸法まで書く必要があったか。おそらくないであろう。黒百合の花を見たことのある読者には、邪魔であろう。今まで見たことのない読者も、今後いつ見ることがあるかもしれな

い。その時には、私の寸法書が不要になる。また黒百合を見たことのない読者にも、寸法を書いて読ませるのは、芸のない話であろう。黒百合というような、ざらにない花、百合としては思いの外小さい花は、多少詳しく書くとすれば、その大きさ、すなわち小ささを、現わすことは必要であろうが、なにかほかの物とのとり合わせ、あるいは人物の花のあつかい方などで、それとなく現わした方がいいであろう。寸法を書かれては、黒百合の小ささにたいする読者のおどろきは、大方消えてしまう。

そういう読者の立場のことは、今この文章を書く時に思ってみたのであって、小説を書く時には、読者のためを考えて、寸法を入れたわけではなかった。私は文章をそう深く細かく考えながら書くたちではなく、また読者を斟酌して書くことにも、さほどつとめない。したがって、黒百合の寸法を入れたのも、その時の作者自身の興味からであった。ところが、その時の作者自身の興味というものが、なかなかの曲者である。一時の、あるいは部分の興味は、作品によく現われることもあるし、悪く現われることもある。成功もすれば、失敗もする。そのいずれとなるかについて、原理的な原因を言うことは出来るかもしれないが、実際は複雑微妙と言っておきたいように、一作家としては思う。

黒百合については、私は実際に寸法を計ったのである。物尺をあててみはしなかったが、目分量で計ったのである。草花のことで、多少の大小はあろうから、物尺に頼ることもない。また、小説のなかに書くために、作者が黒百合に物尺をあてている姿は、いささか道化た図である。私はこのようなこともしかねない。そうして作品全体をだめにしてしまった、にがい覚えもある。黒百合はそうしなかったけれども、これは花だからであって、ものによっては他人の測量の数字を小説のなかに借りることもないではない。借りる場合、作者はなお不用意につかまるから、効果はさらに悪い。

黒百合を目で計った時、私は黒百合そのものにたいする興味からだったが、この花を小説に書いてみようとする下心もあった。花の大きさ、葉づきの間隔、それから花びらや雄しべの数、雌しべの尖が三つまたに分れているのなど、私はその時初めて知った。初めて知ったということも、やはりなかなかの曲者である。好奇心から印象の新鮮な現わしを得ることもあるが、寸法を計るに及んでは好奇心の悪用で、印象の新鮮さは失われる。私は花の匂いまで嗅いでみて、

「いやな女の、生臭い匂いだな。」

と、匂いの方は一言で片づけた。匂いは計算出来ない。寸法のように正確には表現出来ない。私はただとっさに、そう感じただけである。しかし、「いやな女の、生臭い匂

い」とは、正確でないという以上に、はなはだ曖昧で、無稽でさえある。そんな匂いがあるかどうかもわからない。「いやな女の、生臭い匂い」という言葉で、なにかの匂いを感じる読者もあろうし、なんの匂いも感じない読者もあろう。感じる読者たちにしても、人それぞれの匂いかもしれない。「いやな女の、生臭い匂い」など、いやな言い方に過ぎないかもしれない。いやな匂いは言葉による表現がむずかしく、いやな言い方になり勝ちかもしれない。私の場合は、作中人物の会話に使われていて、地の文ではないから、作者の直接な言葉あるいは意見ではなく、作中人物の言葉として、ある効果をねらったと、私は逃げることも出来るかもしれない。「いやな匂い」あるいは「生臭いような匂い」と単純に書いておいた方がよかったかもしれない。

しかし、私は黒百合の匂いを嗅いでみて、いやな匂いに驚き、とっさに「いやな女の、生臭い匂い」という、作中の特定の人物の会話が浮かんだのであった。花の寸法の場合のように、と見こう見ではないから、この匂いの表現の方がまだましかもしれない。匂いそのものよりも、突然の官能的な嫌悪、幻滅を現わしているからだ。私は前後二度、黒百合の花を書斎の床に生けて、その姿は幾日も見ていたわけだが、匂いを嗅いだのは、その瞬間だけだった。いやな匂いを吟味し追究する気にはならなかった。女との会話に、男が「いやな女の、生臭い匂いだな。」と、うっかり言い、相手の女はいやな女ではないが、なんとなく顔を薄赤らめれば、作者はそれで用がすんだのである。この匂いのところに、もし読者が真剣に拘泥すれば、作者は赤面することになりそうだ。おやと思うだけで、読み過してもらえば助かるわけだ。黒百合の匂いの書き方も、確実で高尚とは言えない。

黒百合の色について書くのにも、私は丹念に研究した。黒に見え、紫に見え、臙脂に見えるので、電燈の光りにも透かしてみたし、日光にも透かしてみたし、いろいろな条件で色を調べた。しかし、あまりくどく書くといけないし、私の色についての言葉は乏しいし、うまい形容も浮かばないので、簡単にしておいた。黒百合の色は黒椿の色を思わせる。黒椿に似た色とも書いておいた。百合も椿も花の黒がかるのは、常識を越えて珍らしいので、特に黒と名づけるわけだ。黒椿の花は前に大徳寺の竜翔寺で見て、花をもらって帰って、別の小説のなかに書いた。その黒椿の書き方は、黒百合の書き方よりもあっさりしていてよかったかもしれない。竜翔寺から高桐院へ廻って、ここでは茶花に白の山吹と都わすれを見た。それも書いた。しかし、

「都わすれの花は野菊に似ている。」

と、一行で片づけてある。私は「都わすれ」が谷崎潤一郎氏の歌集の名になっているのを、その時思い出していたし、野菊と似ていると書いて、その後に、ほんとうは野菊とちがうところを書かねばならないのだが、続きものの終りの方で、時間と枚数とが迫っていたから、似ているとだけですませて、むしろ助かったようなものだった。

花を書くのに、私が近年最も苦心をしたのは、「再婚者」のなかの海棠であった。これは鎌倉の妙本寺、俗にいう海棠寺の大木を何年か見、その名木が戦争中に枯れてからは、私の家に近い光則寺の大木を春の日にしばしば見ているから、いわゆる泥棒を見て縄をなうたぐいではないが、いざ書くとなると、やはり試験勉強式になった。しかし、光則寺の大海棠の庭にたたずんで、どうしても書けない歎きをくりかえした。黒椿の一枝、黒百合の一茎よりも、書きにくさを感じた。この方が真実である。

黒百合の花を私が初めて見たのは、今年の四月の二十日、芝伊皿子の松の梅松会であった。千宗室氏は勿論茶花に通じ、中谷宇吉郎博士は高山植物としての黒百合を見ているので、この花の話が聞けた。私はその夕の床の黒百合を堀越夫人からもらって帰った。その後間もなく、鎌倉の生花の会で生けあまった黒百合を二茎もらった。また、今年の利休忌大茶会で、博物館の六窓庵の小堀宗明氏の席に、花は黒百合とむしかりであったのを、私は「淡交」の五月号で読んでいた。その三月九日は雪があって、黒百合の花もなお印象的だったわけであろう。「淡交」には茶会記とは別に、黒百合の写真入りで、渡辺百合子氏がその花の讃美を一頁書いている。黒百合のことを書くのに、私は渡辺女史の文章も参考にさせてもらった。

「茎の本より一寸おき位に葉もとが伸びて、数えると六段位、その一段に五本の葉が幼児の手の如く開いている。」と、渡辺女史もやはり数字を用いずにいられなかったとみえる。

黒百合はそう珍奇無類の花ではあるまいから、茶花としてでも、私が幾年ものあいだに幾度も見ていれば、寸法まで計って書かなかったかもしれない。黒百合の花と、ただきりげなく書いて、説明など加えなかったかもしれない。その花が私にはもの珍らしく、家にも二度あったので、つい調査することになってしまった。その結果が成功か失敗かはとにかく、これで黒百合の花は確かに私の胆に銘じた。一つ生きたしるしになったとは言えるだろう。しかし書くのには、胆に銘じて、それからしばらく時をおいて、忘れかかるほど印象が落ちついてから、血肉になれてからにすべきだったかと思える。

もとより黒百合などは一編の小説のなかの枝葉末節で、私も書く時には、こだわるよりもむしろ楽しんでいて、遊びとも言えるから、ここで自分に取り上げるほどのこともない。大事中の小事である。もしかすると私は人生の大事を書かないので、こんな小事が大事となって来るのかもしれない。しかし、黒百合はもののたとえであって、小説の事件でも人物でも舞台でも、作者の調査のなまなましさ、あるいは興味のなまなましさ、思想のなまなましさと、それの作品に現われる結果とを、少し考えてみようとしたのであった。

私はやはり小説に茶陶のことを書いて、「群像」の創作合評会で佐藤春夫氏につかまり、これには恐れ入った。水指や茶碗を意味ありげに扱い過ぎ、しつっこく出し過ぎたところはあるかもしれない。そういうことは作者の人生ならびに作品にたいする疲労衰弱を現わす場合もある。あの小説では作中人物もまた疲労衰弱して、ゆめまぼろしのようにさまよっているからというのが、私の窮余の弁解にはなるかもしれない。数百年のあいだ貴重に伝えて来た名陶は、薄弱な現代人よりも、厳然と確実な存在と感じられることもないではない。それは私自身が病的であり、同時に健康でもある議論だ。健かで強く深い美は、現代にばかりさがしていたって、見えないということもあるかもしれない。

しかし、佐藤氏につかまった、志野の水指と小服の筒茶碗の場合は、私は黒百合のように試験勉強の調べをしたわけではなかった。志野の水指も筒茶碗も、私は買って持ってはいないから、目の前に見ながら書くということは出来なかった。売りものの名品にもめぐりあわない。けれども志野の名品はどこかで見ているから、水指も筒茶碗も大方の見当はつく。でも、いつかどこかで見て、見当がつくというのは、自分が買って手もとにおくというのとは、美の感じ方がずいぶんとちがうものである。買ってみる人には、買ってみない人の美の感じ方を軽んじる傾きもあるが、あながち僻見とは片づけられない真実もあると思う。しかし、志野を書くために志野を買うという風では、借金を質においても及ばないし、また名品は欲しい時にいつでもあるわけではない。「茶道雑誌」の河原武四郎氏が、もしかすると私のうちに志野の水指や筒茶碗があるのかと疑って訪ねて来たが、なくて気の毒であった。無論河原氏などが私の小説を読めば、その書き現わし方で、私の手もとに志野の名品はないとわかっていたにちがいない。私は志野のとなど、なにもほんとうに書けていないのである。負け惜しみを言うようだが、私はわざとそういう風に書いたところもある。不案内の人が読むと、茶や茶器のことがえらく書いてあるように取れるかもしれないが、心得のある人が読むと、なにもほんとうに書いてないとわかるはずだ。作者の私が不案内だから用心して、そういう書き方をしたばかりではなく、作中人物がそういう風だからであった。

茶道や茶器を作品にしっかり書いてみたい気持もあるが、それはいつ出来るかしれない、別の作品である。夢魔のように朦朧とした人物の動きの中心、あるいは上空に、確然とした古陶の美が浮かんでいるとよかったかと思えるが、美が確実と書けなくて、古陶と朦朧とした夢魔のようになってしまった、そこを佐藤氏につかまったのかもしれぬ。作者の衰弱、堕落は争えない。現代の瀬戸物の大方のようである。

六月三十日、箱根美術館の開館を見た後で、強羅ホテルの祝賀晩餐会に私も行って、ホテルの入口に近いガラス箱の土産品売場をふとのぞくと、私は慄然とした。いくら温泉土産、外人相手にしても、あまりの卑俗粗雑、今しがた古美術の陳列を見て来たばかりなので、なお見るに堪えない。ホテルは占領軍の接収を解除されたばかりだから、土産売場も占領軍用の時のままなのだろうが、これではひど過ぎて、アメリカ人たちはなんと見ただろうか。これが輸出工芸を志す国の一端であろうか。古美術と温泉土産とでは話がちがい過ぎるし、また今は手工芸の時代ではないにしても、おそろしい日本の美の堕落である。私はなさけなくなった。私たちの小説もこの温泉土産と同じ時代のもので、つながっているにちがいないのである。晩餐のスウプからアメリカの罐詰式で、折から窓外の青山に去来する雨雲を眺めながら、私は山河が旧のままの思いをした。その日、小田原駅からバスで、箱根国立公園にはいった道でも、私は貧しい醜い家の新しく立っているのが目についた。国立公園内でも、個人の住家の建築にまで干渉出来ないのだろうが、日本の暮しの貧窮と美の喪失とがつらく、そういう家を辛うじて立てて生きねばならぬ多くの日本人が、私はつらかった。戦禍の後の町は言うまでもない。

話を寸法にもどして、寸法が成功した一例として私がおぼえているのは、岸田国士氏の新聞小説の書出しに、ヒロインの洋服の寸法を取るところがあった。若い女の体格が浮かんで来て、作者の思いつきであろう。

また、細かく説明して、過ぎたるは及ばざるに近しではないかと、私の疑った一例としては、谷崎潤一郎氏の「春琴抄」をおぼえている。春琴が鶯であったか、雲雀であったかを飼うところが、詳しく書いてある。私はそれを読んだ時、谷崎氏はこの鳴鳥を自分で飼ったことがなく、人に聞くか調べるかして書いたのではないか、自分で飼ったにしても、飼いなれたとは言えないで、飼った日が浅いのであろうと感じた。玲瓏としたた玉の「春琴抄」に、この鳴鳥の部分が瑕瑾のようになじまぬと感じられた。谷崎氏が名鳥を飼いなれていたとすると、私の邪推だが、とにかく私は疑問であった。それにくらべて「蓼喰う虫」のなかのグレイハウンドは疑う余地がない。簡単に書いてあって、首にさわるとビロオドのようだという意味の一句が見え、この一句でも、谷崎氏がグレイハウンドを飼いなれ、あるいはなじんだことは確かである。この鳥と犬とのことは、私は当時の文芸時評にも書いた。慧眼な批評家の佐藤春夫氏も私の意見を認められたように思うが、私の記憶ちがいかもしれない。

吉川英治氏の「新・平家物語」には古記録がところどころ引用されている。この作品は未完であって、古文挿入が成功か失敗かもまだわからないが、いろいろな意味でよく生かしてあると思う。また、作者がしきりと古記録を調べている一端が、よくこなれて出ているし、工夫もこらされていると見える。しかし、小説の厳密な考え方では、古文挿入のない方がいいのかもしれない。

以上みな書かでものことを、書き足りないままだが……。

「新潮」昭和二十七年九月

月見

今夜は仲秋明月なので、月見に出かけた。

わずかな時間に東京のどこで月を見ればいいのか、その心あたりもないから、ただ月夜の町に車を走らせて来ようと思った。

紀尾井町の宿を出ると、男の子が三四人穂すすきをかかえて、土手から下りて来た。土手で切ったのだろうが、かかえるというほどの束だった。みごとなすすきだった。向うの方にも、やはり穂すすきをかかえて帰るもう一組の子供が見えた。東京のまんなかのことで、私にはめずらしかった。

聖イグナチオ教会の横を出はずれると、月が見えた。もう出ていた。六時二十分ほど前だった。

月は町の屋根を離れていた。日はまだ暮れ切っていない。月のあたりの雲にも昼の光りが残って、鈍い夕映の薄茶色だった。月はその低い雲につつまれていて、円の上がわずかに雲から出ていた。雲から今のぼるという感じだった。

私は四谷見附でタクシイを拾った。皇居の濠に突きあたって左に折れた。イギリス大使館を過ぎてから右へはいった。その道の並木で月を見失って竹橋へおりると、月は雲にのまれてしまっていた。月が雲からのぼるものと思っていたのに、雲が月の上にあがったのである。しかし、皇居前の小松の広場を走っているうちに、月はまた雲からのぼりはじめた。雲が月を離れてゆくのかもしれなかった。そして桜田門、三宅坂から、議事堂の前を赤坂見附へおりたころには、もう月にかかる雲は見えなかった。雲の憂えがなくなると、月はかえって平凡になった。もとの赤坂離宮の横を過ぎて、私の月見は終った。

今年もまあ仲秋明月を見ることが出来たというわけだ。これも生きているしるしだろう。先月の十五夜には、強羅の宿で月を見た。私は仲秋明月ではないかと思いちがいした。箱根の山の上の九月は東京の十月よりも、あるいは仲秋明月らしいかもしれない。宿の庭の高い木々の梢を渡る満月であった。私は月があれば月を見る。しかし月を見ると、いつも日本のかなしさというようなものが身にしみる。月の古文学を思い出すからとはかぎらない。月や夜空そのものから感じるので、それはむしろなさけない自己嫌悪をともなう。

もっとも身にしみたのは、やはり戦争中の冬の月であったろう。隣組の男たちは昼間みなつとめに出て、家にいるのは私一人だから、防火群長か班長かを頼まれた。群長らしいつとめはなにもしなかったが、戦争中も私の三十年来の徹夜は変りなかったから、夜まわりだけはした。鎌倉の人家もまばらな小さい谷である。燈火管制で明りが一つもない、寝静まった谷の冬の月は、日本のかなしみで私を凍えさせるようだった。このように日本の伝統を強く感じさせられたことはない。かなしみから伝統を感じるのも、私のセンチメンタルな性だろうが、すでに敗けいくさであったし、人々の暮しもみじめだった。その夜まわりの冬の月は生涯私についてまわるのだろうか。今夜の仲秋明月を車の窓から見ながらも、私はやはりその冬の月を思い出していた。

その冬の月のころは、日本の歴史小説をいくつか書こうと考えていた。例えば、後鳥羽院や明恵上人を主にして、定家や家隆などの歌人を配し、承久の乱のころとか、義政の子の美少年将軍義尚や宗祇などの連歌師を扱って、東山時代あるいは応仁の乱のころとか、利休に至る茶の人たちとか、いろいろあったが、その後ほとんど調べるゆとりもないし、いつ手がつけられるやらわからない。戦後は広島と長崎の原子爆弾を書いておきたいと痛切に思うが、これも広島、長崎に長期滞在して調査する余裕がない。

しかし、書きたいと思った昔の人にゆかりのあるものを、近年は売りものの古美術品としてしきりに見ると、前に書こうと思っておいただけでも、やはり無縁でないのは幸いである。明恵上人の「夢の記」の断簡や義尚という歌切（これは確かでない）などを、書斎の押入れから出してながめていると、不思議ななつかしさを感じる。定家や俊成の字は好かないので買わないが、俊成の九十の賀の時という手紙は、この歌人の長い生涯が思われて、その妙な癖のある字にかかわりなく、私を誘うものだった。定家も小倉色紙は別としても、「明月記」の断簡を見ると、あの日記を拾い読みした戦争中の夜が思い出される。

しかし定家や下って宗祇の字などは、藤原の歌切にくらべると、もはや仮名書きとして比べものにならない。仮名書きは藤原に終っているようなものだ。むしろ江戸の大雅や良寛の字がおもしろいくらいだ。

「十便十宜」の縁によるところもあろうが、大雅は好きである。大雅の絵には私とちがって、日本人のかなしみがないようだ。私は明るくやわらげられ、豊かにひろげられる。画商の荻原安之助氏は大雅にこって、百幅扱うことを念願としたと私に話したが、この言葉は私の心に残った。古美術商にはモノマニアのような人が多い。大雅を百幅集めれば、大雅は私の心にいくらか移るだろう。私をいくらか自由の世界に出してくれるかもしれない。大雅は偽物でなくても、ばさけた絵が多いから、多少は気に入ったのを百幅集めるのは容易ではないだろう。しかし百幅集めようという念願は、荻原氏に教えられた。しかし、例えば藤原のすぐれた歌切を一幅持っているのと持っていないのとでは、私などには藤原の仮名を見るのにずいぶんのちがいが生じる。ひとさまのところで幾ら拝見しても、ただ一つを自分のものとするには及ばない。買ってみなければわからないと言うのも、あながちそらごとではない。雪舟を好かないと言うのも、雪舟を持たない人のいいぐさであろう。世に体質改造の療法があるように、大雅や鉄斎は自然と私の心質を改造してくれるかもしれないと思う。明恵上人を小説に書く時には、明恵上人の書を床にかけて、筆の合い間に眺めていれば、それがなにか作品に働きかけることはないだろうか。

二三日前に鉄斎が八十二歳の時に、夫婦でつくった煎茶器を見た。桐の茶入は職人の作だが、鉄斎の墨の四君子の絵づけはよかった。また茶碗などは夫人が手づくねして、鉄斎が絵づけていた。私は鉄斎が八十二歳という夫婦の年齢に心ひかれた。俊成の九十の賀というのも、その年齢に心ひかれた。私の知己や友人が多く世を去り、私が五十歳を過ぎているからであろう。乾山が八十一歳の雪松の小点ほど、近ごろ感動した絵はなかった。「放埒無慙、八十一年」という乾山の辞世の生涯、孤高の芸術精神が、この一図に結晶していると思われた。私はきびしく高められた。この雪松を見ながら、ものを書きたかった。こういう心の糧は、宋元画のほかにそうあるものではない。しかも日本的である。私はどのような犠牲を払ってもほしかったが、すでに人手に渡った後であった。一作家を高めるために、譲ってもらいたいものである。

雪の絵では、浦上玉堂の「凍雲篩雪」などは私の好運であった。玉堂は「東雲」と書いていて、私は意味に迷ったが、博物館に出品して、「凍雲」であると知った。私はこの絵を前に図録で見た時から好きで、旅行の道すがら途中下車をして、見知らぬ土地をバスに乗って、一里ほど行きかえり歩いて、所蔵者の家を訪ねたが、見せてもらえなかった。ところが広島、長崎へ原子爆弾の視察に行った帰りに京都へ寄ると、この絵が買えそうな話を耳にした。私はさっそく玉堂の墓に参った。私の京都の宿は柊屋で、玉堂の墓のある本能寺は近い。その前の年、所蔵者の家を訪ねる前にも、私は玉堂の墓に参って、あなたの絵を見るのだと語り、嵐山の頼山陽の玉堂碑も見に行った。十一月の末のことで、京都の夕焼は長次郎の赤楽の色を思わせ、坂本繁二郎氏の油絵の夕暮の色に似ていた。「凍雲篩雪」が手にはいる前後も、私は京の宿を出るたびに玉堂の墓に参った。今年の夏、重要文化財に指定された。この絵を見て、北国の人は北国の山の降雪の暗い気分にそっくりだと言い、玉堂の郷里の岡山の人は、子供のころ岡山県の山で見た、粉雪の濃く温い降りにそっくりだという。おそらく温い粉雪がほんとうなのだろう。この絵の写真は大方暗く写り過ぎている。私は近ごろまた玉堂の名画帖を見たけれども、これはもうあきらめた。今は借金の重荷につかれてしまっているからである。

義政が鑑賞した東山御物の唐画は、私も戦後に多く見た。しかし、これという名品にはまだ縁がない。利休にゆかりのものは無論いくつも出会った。大名物の焼きものの掛け花入れは、なかでも変ったものであった。私にはどこの焼きものかもわからない。一目では見どころが生きて来ない。大名物としては安いが、むずかしいので逃がした。しかし利休は有馬温泉にも、秀吉の朝鮮征伐の供をした九州にも、この花入れを持ち歩いたことが、「利休百会」にも出ている。白梅などを生けたらしい。そういう風につかえば生きて、利休の美学が感じられるのだろうか。袋も利休の妻が縫ったと伝えられている。利休の大名物のうち、最もわかりにくそうなものを私の手にとどめなかったのは、私の恥のようにも悔まれる。人との縁も同じで、後からの悔いはたいてい追っつかない。

利休の飲んだ茶碗で私も茶を飲むなどは、利休を思うのになにかの役に立つだろうが、手づくりの茶碗ではやはり光悦の名碗が心を培ってくれそうに思う。茶碗をつくった人では、言うまでもなく、光悦が最も大きい人物だからである。

仲秋明月を見ることから、筆が横道に走ったようだが、そうではない。明月も光悦の茶碗もコルトオのピアノも私のためには同じなのである。

「新潮」昭和二十七年十一月

鎌倉の書斎から

夢

井上靖氏に、近作歴史小説集「楼蘭」をおくられた礼手紙を今朝出したが、その日づけを六月三十日として、一月まちがえたことに、夕方気がついた。しかも、はじめはなにげなく「五」と書いたのを、一月まちがえていると考えて、六月と書き直したのだから、なお変である。砂漠にうずもれて消えた古代国家の楼蘭にかかわりある手紙の日づけとしては、一月のまちがいなどなんでもないが、現に時間を生きる私としては、改めて庭に出て五月末の季節をながめてみた。私は似たまちがいを二日前にもした。梅原龍三郎氏のこんどの滞欧作の一部が、銀座の画廊に出ていると思って、五月二十八日、見に行くと、一月先きの六月二十日からなのだ。せんだって、先生のお宅へうかがった時、ストレザで描いた小品十点ほどを弥生画廊に二十日からならべるとのお話だった。二十日ごろはやりかぜで寝こんで、やっと二十八日に出かけたわけだ。来月とか、六月とか、先生は言われたにちがいないのを、私がまちがえてしまったのだ。

このようなまちがいは私に時折りある。何日か何曜日かは、通勤者でない私たちが忘れがちなのはふしぎでないとしても、去年の夏から病みつづけて後は、何月かも忘れかねない日を重ねて来たようだ。病院の四月間ほどは一層だった。明日ドナルド・キイン氏がまたアメリカから東京に着くと、今朝聞いた。キイン氏はこのごろアメリカの「日本ブウム」にわずらわされて、ニュウヨオクでは勉強の時間もなく、夏の日本へ勉強に来るのだというからおもしろい。コロンビヤ大学にいては、いろいろと日本関係のことに引っぱり出され過ぎ、日本関係の訪問者が多過ぎるのだろう。去年の八月、キイン氏がアメリカへ帰るころ、私はもう病いの床にいて、電話でさよならを言ったものの、キイン氏は日本を離れる前の日、やはり会いたいと言って鎌倉に来てくれ、私も床を上げたが、あれからもうおおかた一年かと、キイン氏のまたの来日のしらせで思った。

去年の夏、キイン氏は近松もののほかに、現代の作品では、宇野千代氏の「おはん」と石川淳氏の「紫苑物語」と深沢七郎氏の「楢山節考」とを、一冊に英訳出版したいもくろみを楽しんでいた。キイン氏らしい三作の選びようだ。

　おとといはオスカア・ベンル氏が訪ねて来てくれたが、その時キイン氏の来日がわかっていれば、東京で二人が会うことをすすめてみたかった。ベンル氏は一年ほどの滞日の予定を病いのために切りあげて、七月にはドイツへ帰るのだという。一昨年、私がミュンヘンへ行くにもベンル氏が頼りであったが、あいにく氏は旅に出ていた。その時、ミュンヘンで私が見たトオマス・マンの家は、爆弾で一部分がこわされたのを元に復したものだと、おとといベンル氏から聞いた。ミュンヘンの出版社での話に、スイスからドイツ語訳で出た「枕草子」は評判がよく、近く「源氏物語」の完訳もドイツで出るとのことだった。その「源氏」の訳者がベンル氏である。完訳はなしとげたが、このむずかしく大きい訳業に打ちこんだつかれで、ベンル氏は心臓をいためたまま、なつかしい日本に来たのである。大戦中にもドイツの潜水艦にかくれて日本にもぐりこみ、敗戦を迎えた後、不法入国であったから、ベンル氏は占領軍によってドイツに追い返され、こんどは病いの身ながら出直して来たのである。ベンル氏は戦前にも長く日本にいた。世阿弥その他の日本古典の研究と翻訳ばかりでなく、現代の短篇選集の訳書もあった。この短篇訳集は戦後に新版も出た。私の「千羽鶴」も一昨年ドイツ訳してくれた。戦前に私がベンル氏に最もおどろいたのは、同人雑誌にいたるまで、私などよりもよく読んでいたことであった。おととい十何年ぶりで会った時も、一休禅師や夢窓国師について調べておもしろかったと言っていたが、一休や夢窓についてぼんやりとしか知らぬ私は話に深くはいってゆけなかった。

こういう日本文学の研究家、翻訳者は西洋に幾人もいない。また、短い年月でふやせるものでないのはもちろんだ。私たちはこういう人たちをもっと大切に思わねばならない。せめて、その業績だけでも、今少し広く知らせねばならない。しかし、それをここに書けば長くなる。数すくないそういう人たちのうちの、サイデンステッカア氏やアイヴァン・モリス氏、また、あわただしい訪日日程のアンドレ・マルロオ氏までが、私を東大病院へ見舞いに来てくれたが、これらの外人見舞客たちについて、私のさとったことがある。外人たちは病人の私に、何病でどんな容態かなどと、向うから詳しくは誰も聞かなかった。早くよくなって下さいと言うだけである。日本の見舞客の多くは病気について根掘り葉掘り聞き、それが親切の現われであり、病人もむしろ進んで詳しく話すのが礼儀のようだ。しかし私は外人の病気見舞いに学ぶべきだと教えられた。日本人が人の私生活に立ち入って聞き過ぎるくせが、病気見舞いにも出るのか。日本人でも型やぶりの見舞客はあった。クリスマスの日に、野上彰氏一家四人が来てくれたが、上の女の子と次ぎの男の子の二人は、習いはじめのヴァイオリンをたずさえていて聞かせるということで、クリスマスの曲を弾いた。野上一家らしいことだ。隣室が軽症患者で幸いだった。

その演奏の礼になにかと私は病室を見まわして、東京タワアの模型を子供にやった。塔の落成祝いの記念品である。たしかクリスマスの前の日からか、塔に客をのぼらせるようになったが、私は幾夜も病室から塔に灯がともるのをながめていた。塔の夢を見たりした。毎月の吉日を選んで、その日塔にのぼった客のうちで一番幸福そうな二人に、東京タワアが百万円の記念賞をおくるという夢だった。二人とはむろん男女づれ、審査は東京タワアとしては宣伝のためにも、若い美男美女を選びたいし、その通りにした。ところが、同じ日の塔の客のうちに受賞者をねたむ二人づれがいて、「幸福そうな二人」のあとをつけ、身の上を調べて、二人は決して幸福ではないと、塔へ文句をつけた。塔は困って、あくる月には、老夫婦へ百万円をおくった。若い二人の後をつけて調べるところが、夢のなかでおもしろい筋だったのだが、目覚めてからはよくたどれなかったし、覚えていたところで、小説にもならぬ話だったろう。しかし、夢のなかでは生き生

「週刊朝日別冊」昭和三十四年七月

きしていた。

眠り薬

昨日、横須賀線に小島政二郎氏と乗り合わせて、この話をすると、小島さんがしきりに笑うので、いくらかおもしろいところがあるのかと、書いてみることにした。自戒のためもある。当人の私にとっては、薄気味が悪く、かなりこわいことなのである。

眠り薬をのんで寝て、小用に起きると正気がなく、いろんなしくじりをした話なのだ。鎌倉の家でのことだが、湯殿の前に倒れて寝こんでいたこともあった。寒けがしてきて目がさめた。帰りをまちがえて、玄関の沓脱ぎ石に落ち、すねに怪我をしたこともあった。寝床にもどって寝ていたが、落ちたのも怪我したのもおぼえていなくて、朝になって、敷布の血を見て、どうしたのだろうかと思った。頭を石の角にぶっつけたらあぶなかった。夜なかに起きて、方角にとまどって、寝部屋を迷い歩くこともときどきあるらしい。厠へ行く廊下でよろめいて、方々にぶっつかるらしい。酔っぱらいと同じである。

眠り薬をのんでしばらくすると、しゃべり出して、管を巻く。むやみに食いたくなる。ふらふらなので、体を支えて寝床へ運んでもらったりする。薬がきいて来ると、目つきや人相が悪くなるから、東京の泊りつけの宿の女中さんなども直ぐにわかって、もうおのみになりましたねと言う。

自分の家だと、小用の帰りに部屋をまちがえても気がねはないが、これが宿屋だとたいへんである。しかも、私はその失礼を三度おかした。東京の宿で、夜の一時か二時ごろであろう、廊下から次ぎの間にはいる襖を半ばあけかけると、奥の間から「どなたですか」と、きびしい婦人の声で、私ははっと正気にもどった。あくる朝、婦人の方から先きに、昨夜はつい大きい声を出しましてと、宿の女中さんを通じてあいさつがあって、私はいっそう恐縮した。この中年の婦人は一人で泊っていたのだが、神経質で非常に目ざといい人だったのは幸いで、私は次ぎの間にもはいらないですんだのである。国際ペン東京大会の際、野村証券副社長の平山亮太郎氏にもずいぶん援けてもらった、その京都の平山邸へ、朝茶に招かれて行くと、ただ一人の相客がこの婦人だった。やはり東京の宿で、二間ある離れの隣りへまちがえて行ったことがあった。隣りと言っても、間にそれぞれの手洗いや湯殿、また次ぎの間があって、五つの襖と扉にへだてられている。私はそれらを五度もあけて、ほかの客の寝部屋に行ったわけだ。「お部屋をまちがえていらっしゃるんじゃありませんか」という男の声で、私はわれにかえって、自分の部屋にもどった。次の朝、女中さんに聞くと、私は眠っているその人の手を踏みつけたそうだ。宿屋で寝入りばなに、なにものかがはいって来て、手を踏まれて目がさめたのに、暗がりで、「お部屋をまちがえていらっしゃるんじゃありませんか」と、静かに言えたのはずいぶん落ちついた人だと、私は実に感心した。大阪朝日新聞の重役である。「一時間ほど後に、またはいって来たよ」と、その人は女中さんに話したそうだが、この二度目を私は知らないのだからひどい。

もっともひどいのは、伊東の暖香園でのまちがいで、もう二十年余りも前のことだが、忘れられるものではない。深夜、私が二階で書いていると、真下の部屋に逗留の老人が危篤におちいった気配、やがて絶命して、念仏が聞え、焼香の匂いも二階にのぼって来た。私は眠り薬をいつもより多く用いて、いやな気持で寝た。それでも小用に起きたあと、寝床に足を入れて横たわりかけると、「どうしたんだい」と、やさしい声で、男の腕が私の首を抱いた。私はぎょっと正気にもどった。二つ敷きにならべた床に女の寝ているのもわかった。眠っていた男は自分の寝床へ細君がはいって来たものとまちがえたのである。私は振りかえりも出来ないで、長い廊下を私の部屋にもどった。私をとがめる言葉もなく、私の後姿を追って廊下に出ることもなく、明くる日に苦情も聞かなかったところをみると、あるいはその男にも夢うつつのことだったのかもしれない。それにしても、私が細君の方の寝床にはいらないで、主人の寝床にすべりこんだのは、せめてもの幸いだった。次の間の襖よりに細君の寝床があり、その奥に主人の寝床があった。私がどうして細君の枕もとを通り越して、奥の方の寝床にはいったのか、自分でもまったくわからない。部屋をまちがえたのには理由があった。その夫婦の部屋に私は幾日か泊っていた後、旧館の二階に移ったばかりだったから、無意識でもとの部屋へもどったらしいのである。

宿屋でのしくじりはこの三度しかないが、私にはいつも不安がともない、宿の手洗いのあり場と行くみちとを、眠る前によく頭に入れておくように心がける。人の家には絶対に泊らない。夜汽車には乗らない。宮城道雄氏のように線路へ落ちそうである。ことに西洋で夜なかに婦人の部屋へまぎれこんだり、扉をあけようとしては、えらい騒ぎだから、必ずバスつきの部屋を取り、鍵をかけて、その鍵はわかりにくいところにかくした。私はまちがいなかったが、パリの宿で、どこかの国の三十歳くらいの婦人が私の部屋へまちがえてはいって来たことがあった。自分の部屋だとばかり思っているから、その婦人ははいってからもしばらく気がつかないでいて、私をみとめると、飛び上がるようにおどろいた。

以前の私は旅行中と執筆中だけしか、眠り薬をつかわなかったのに、昭和二十九年に、「東京の人」という新聞小説を五百日以上も書いてから、連用の悪習にそまった。今はバラミンを主にアダリンなど、ドイツ製薬で、ミュンヘンの薬屋でバラミンを買った時、日本人は体が小さいから、日本のバラミンの一錠はドイツの一錠の半量だと注意された。この夏、西ドイツでのペン大会に私が出席していれば、ここ五六年、ドイツの薬のおかげで夜毎の眠りを与えられていると話したかもしれない。しかし、眠り薬から一日も早くのがれたい望みは強い。

「芸術新潮」八月号に、パリ帰りの青年画家金山康喜氏が、眠り薬をのみ過ぎて、アパアトで誰にも知られずに死んでいたのを、人々が追悼している。バラミンによる自殺か過失死かの幾つかを、週刊誌も取り上げていた。芥川龍之介を死にみちびいた、「歯車」のような神経症、心身の衰亡は眠り薬の中毒で、それを抜くために入院していれば、死なくてすんだろうと、その当時、西川義方博士に聞いたのを思い出して、昨日も小島政二郎氏と話したことであった。

「週刊朝日別冊」昭和三十四年九月

新　鮮

東京に出た日、時間つぶしに、ジャックリイヌ・ササアルの「みんなが恋してる」をみた。私はもうササアルに魅力を感じないから、時間つぶしなのである。夜の八時ころから映画に時間をつぶすには、私はスカラ座が好きだ。「みんなが恋してる」のササアルは思った通りに魅力が失せていて、私はむしろニュウスのフルシチョフのアメリカ西部訪問に興味を感じた。新聞、雑誌の小さい写真ではわからないが、実物大ほどのニュウス映画では、さすがのフルシチョフ首相にも疲れといらいらとが見えた。アイゼンハウア大統領やマクミラン首相の方がいい。フルシチョフ夫人は悪くない。フルシチョフ首相は土臭いというよりも、よごれて見えた。

　ササアルの映画は、時間つぶしのめぐりあわせで、わりと度々見ているが、新鮮な魅力を感じたのは、初めの「芽生え」だけである。「グェンダリン、グェンダリン」と、相手の若者がササアル役の娘の名を呼ぶ大きい声が、今も私の耳に残っている。「芽生え」一本だけで、次ぎの映画のササアルにもう幻滅したことは、私には大げさに言えば、人生の小さい幻滅でもある。少女の新鮮な美しさの短かさを歎くのは、ササアルに限らないけれども、私は「芽生え」のころの素顔のササアルを、カンヌの映画祭で見ているので、よけいこたえるのかもしれない。私は日本から出品の「米」だけを見にカンヌに行ってパリに帰ったので、ほかの国の映画は見なかったが、イタリイからは「芽生え」が出品されていたのだそうだ。カンヌのホテルの食堂やロビイで、世にも美しい少女を見かけて、私はかなしいほどだった。このような気品と可憐と清潔の少女は、日本にはまあいない。たいへん気取っているし、人形じみ、おもちゃじみたところはあったが、その美しさは言いようなく新鮮だった。日本に帰ってから川喜多長政氏に聞くと、この少女がジャックリイヌ・ササアルだった。主演女優として映画祭に出席していたわけである。私にはいわゆる南仏海岸のカンヌ、ニイス、モンテカルロなどの町も景色も、疲れた人工（それもあまり高級な美ではない）のヨオロッパに過ぎなかったが、海の色とササアルの新鮮には感動した。

私たちはよく映画女優で誰が好きかとたずねられる。私は外国女優の名前など忘れやすい方だし、おぼえようともしないが、誰と限らないで、成功した第一作の女優が好きだと答える習わしだ。成功した第一作の女優は新鮮だからである。たとえば、「ローマの休日」のオウドリイ・ヘプバアン、「芽生え」のジャックリイヌ・ササアル、「うたかたの恋」のダニエル・ダリュウ、エリザベス・テエラアの場合は少し極端だろうが「緑園の天使」の役の少女である。「熱いトタン屋根の猫」のテエラアが好演であっても、たかが知れたもので、私には「緑園の天使」にテエラアの天恵の美が花開こうとして匂いあふれる新鮮が印象に長く残っている。男優のゼエムス・デインにしても初めの「エデンの東」よりも深い印象を与える映画は死ぬまでに作れなかった。日本の女優についても同じである。近ごろの有馬稲子さんや山本富士子さんのように、幾年かを経て美しくなりまさって来る女優は少いのではないか。こき使われる日本の映画界ではめずらしいことのようである。

ここに言った映画女優の新鮮は、肉体年齢の新鮮が第一条件の話で、本人のどうにもならないことかもしれないが、必ずしもそうではない。また、映画女優に限ったことではない。芸術一般についてもそうである。たとえに取って悪いが、芥川賞作家たちが入賞の小説にまさる作品をその後書くまでが容易でないのは、文学界に見られる通りである。むしろ候補にあがって入賞はしなかった作家の方が、その後の成長の順調な傾きがあったりする。処女作、成功した第一作を越えてのぼってゆくことは、そして出発の新鮮を強めてのびてゆくことは、あらゆる芸術家にじつにむずかしいのである。まして今日はそうだ。古典とは、常に新鮮でなければ古典でないのだが、今日は、永遠（どころか五年、十年でも）に新鮮な古典をつくるには、まことに悪い、あるいはふさわしくない時代と思われて、若い芸術家たちの言論や作品は、それを立証するもののようである。自ら意識して立証するにしても、無意識に立証しているにしても、それは時代の運命なのであろうか。私は若い作家たちの才能を惜しむのである。もちろん、老作家の新鮮はすくない。室生犀星氏などは稀な例である。永井荷風氏の名作「濹東綺譚」にしても、新鮮なのは、にわか雨で娼婦に会い、その家に行く、初会の場面だけではなかろうかと、私は幾度も読み返してみてそう思う。

骨董というものはまったく思いちがいされていて、その思いちがいはなかなか解けない。近ごろは古美術という言葉が多く用いられ、その古美術の展覧会が多過ぎるほど多く、若い見物人が意外に多いから、やがて解けるだろうが、骨董とは永遠に新鮮な美術品のことなのである。むろん、それは名品に限る。目新しいのと真に新しいのとはちがうので、今日の大方の美術品よりも骨董の方が新鮮なのである。骨董を老人がいじくるものとすれば、すでに自分の生命の新鮮を失いかけ、失いつつあるものが、骨董に新鮮な生命を汲もうとするのかもしれない。文学の古典の新鮮よりも古美術の新鮮は一目瞭然で、言葉のへだてもない。さらに最も手近の自然が、大きい景観でなくとも、小さい一草一花でも常に新鮮なのは言うまでもなかろう。また、スポオツだけではなく、碁でも将棋でも、その道のすぐれた人の勝負が真剣であれば、これも新鮮なもののようである。そして、ササアルやブリジット・バルドオが映画で新鮮を失ってゆきつつある時、日本の娘たちがそのスタイルを真似する、そのばかばかしさのうちにも、ちょっとした新鮮がないとは言えそうにない。軽い新鮮な風がさっと吹いて消えてゆくだけのようだが、もう型の気の抜けたササアルの本物よりも、真似の日本娘の方が新鮮なことだってある。

「週刊朝日別冊」昭和三十四年十一月

新春随想　三篇

世界の佳人

国際ペン大会のつづく日々には、救急車の警笛を聞くとおびえた。ポオランドのルジネック氏が開会式の日に怪我をしたものだから、また誰か外客の事故ではないかと思うのだ。遠来の客たちは空路の疲労と興奮とを休める間がないし、東京の事情に通じていない。エア・フランスの貸切機を羽田に迎えたときも、私は飛行機を出て来る客たちの疲れをみて案じたが、八月の末日というのに、冬のような服装の人が多いのにはおどろいた。私は宮古上布の着流しだった。羽織も失礼していた。ロシュフコオ公爵夫人は「パリ評論」十一月号の「日本の十日間」に、その私のきものを「エレガントな黒衣」と書いているが、そういう演出効果よりも、私は会の準備のために炎暑終日靴を脱げぬ日を重ねて足を病み、靴をはくことに堪えにくかったのである。会期中もすきがあれば宿へ帰って、素足になっていた。

ロシュフコオ夫人の「日本の十日間」は日程、行事の精確にわたっているようで、(私はフランス語が読めないので、地名、人名をたどってみた。日本人の人名を克明にあげてある)九ペエジの長さだ。十四の脚註も加えられている。文章の要意は河盛好蔵氏からも聞かせてもらったが、日本をほめよろこんで、たとえば、南禅寺の野村別邸の夜宴のところでも、その美しさとエレガンスは言いようがなかったと書いている。京都をみやびた藤原の都と言うのに、夫人も紫式部の「源氏物語」(一〇〇四年に完成と夫人は註)を引合いに出している。アメリカのエリザベス・バイニング夫人も「源氏物語」を十三度読んだと聞いた。もちろん、アアサア・ウェリイ氏の英訳によってである。ペン大会に来た外国の文学者には、この源氏の英訳を読んでいる人が少くなかったようだ。昨年の四月、ロンドンの国際ペン執行委員会に、私は松岡洋子さんと出席したが、会の後、イギリスペンクラブが招待の晩餐会で、私の隣りの席に坐った、歯の抜けたままの、偏窟そうな老人が、アアサア・ウェリイ氏だと紹介された。さっそく私は話をはじめたが、おかしな方法であった。私が英語の片言を言い、ウェリイ氏が日本語の片言を言い、それに筆談を加えた。その筆談がまた日本語と簡単な英文とをまぜてである。ウェリイ氏はもちろん漢文も日本文も読む。私の英語も話すよりは書く方がまだしもで、ロオマの航空会社やハンド・バッグ屋でも、用は筆談で足したものだ。パリのホテルで洗濯物を女中に渡して、いつ出来るかと聞いても、私はフランス語を一言も知らないので、女中に書いてもらって、辞書を引いて、土曜日だとわかるという風だった。ウェリイ氏との会話もすこぶるたどたどしいが、とにかく話しつづけているうちに、料理のコオスは終ってしまった。二人の変った話し方を見ている人たちもあるようだった。ウェリイ氏の「源氏物語」は、ユネスコの日本文学翻訳計画にも、廉価版として加えるはずである。千年前の「源氏物語」にまさる小説は、私たちの明治、大正、昭和にだって、まだ一つも現われていない。

　皇太子の御教育がかりとして来ていた時、バイニング夫人に私は会わなかったが、ペン大会で会ってみると、静和で謙虚で誠実な人柄であった。一抹のさびしさも見える。皇太子の関係もあるから、日本ペンクラブでは賓客（ゲスト・オブ・オナア。各国二名の代表と同じく、会期中のホテル代を日本側で持つ）として迎えた。夫人は皇太子をはじめとして、日本にはいい知人が多いので、ペンの団体扱いにとらわれないでも、自由な厚遇を受けられるのだが、東京での会期中はペンの日程にしたがい、会議にも欠かさず出て聞いていた。ペン大会で日本に来たという義務を守った。小泉信三氏らも夫人をもてなすのは、会議が終ってからにするということであった。バイニング夫人は会の後、一月ほど日本に残っていたが、私はある日、横須賀線に乗り合わせた。夫人は席を立って来ると、あなたと少し話してもいいかと言った。通訳もいないし、私は困った。夫人は北鎌倉の斎藤利助氏の家へ茶に招かれての帰りだった。ペン大会の大きい成功をよろこんだり、ていねいな礼をのべたり、私の「雪国」を読んだと言ったりしてくれるのだが、私が話せないで弱っているらしいとみて、夫人はおだやかに自分の席へもどって行った。

ロシュフコオ公爵夫人にも口がよくきけなくて弱ったことがあった。フランスから来た多くの文学者の相伴で、在日フランス大使館の晩餐に招かれた時だった。ペン大会主催国の会長だから、私はフランス大使の席につかせられたのはいいとして、大使の両側にアンドレ・シャンソン氏とその夫人、シャンソン氏の次ぎがロシュフコオ夫人、その隣りが私で、まったく話が出来ない。芹沢光治良氏や小松清氏らも来ているが、別のテエブルである。やさしいシャンソン夫人は私が困っているだろうと、ときどき温い微笑をしてくれる。そのうちに、公爵夫人から、あなたは英語を話すかと聞かれて、私は話せないと答えたのが、まあ英語なので、あなたはパリの私のうちへ招いたのに来なかったではないかと、夫人は言った。山田きく子女史が公爵夫人のサロンへ誘いに、シャンゼリゼエのホテルへ来てくれた時、私はカンヌの映画祭を見に行っていた。パリに帰って、山田女史の置き手紙を見た。しかし私は直ぐパリからコペンハアゲンに立って、帰国の道についた。夫人にそういうわけを話して、失礼をわびるのに、私は骨を折った。食事の後で改めて、小松清氏に通訳してもらうと、またパリへ来たらいらっしゃいと夫人は言った。夫人にはペン大会でも礼儀を欠くことがあったので、「日本の十日間」を見ると、私は非常にうれしかった。

ルジネック氏の怪我には胆を冷やしたが、これも悪感情には終らなかった。九月二日、むずかしいハンガリイ問題が平和な解決に持って行けた、執行委員会の劇的な終りのあと、産経国際ホオルを出ようとして、ルジネック氏は大きい一枚ガラスに、頭から体を突っこんだのであった。それも出入りのガラス扉ではない。ルジネック氏をうしろから誰かが押したり、ぶつかったりしたのではない。同国ポオランドの代表と興奮しながらしゃべっていたので、ガラスに気がつかなかったらしい。多量の出血で倒れていると聞いて、私はどんな重傷だろうと心痛した。救急車が来て聖路加病院に運ばれた。英語の病院へ、英語の大田氏が付添って行ってくれた。私も見舞いに行くと言うと、直ぐ後に外務大臣の招宴があるからと、松岡洋子さんに止められた。日本ペンクラブからはさっそく花をおくった。私もその夜のうちに、銀座の千疋屋から果物籠をとどけさせた。千疋屋から電話で、負傷者は帝国ホテルに帰れたと聞いて、胸をなでおろした。あくる朝、会議の前にホテルへ見舞いに寄ると、ルジネック氏はベッドに半身起きあがって礼を言った。頭に繃帯を巻いていて、腕や脚も負傷しているらしいが、病院に通える程度のようだ。その翌日、私にと言って、ポオランドの民族風のペエパア・ナイフと、彫りのある小さい小箱と、テエブル・センタアとが、ペンの事務所にとどけられた。一つでいいものも、三つもくれたのは、ルジネック氏がよほどよろこんだしるしで、私は外客からもらったいろんな土産物のうち、最もありがたいものだった。ルジネック氏は応急親切な処置を感謝したらしい。会議にはもちろん出られなかったが、東京の日程をしめくくる、九月六日の日本ペンクラブ主催の晩餐会には、ルジネック氏は額に小さいガアゼをつけた姿で出て来てくれたので、私たちはうれしかった。産経ホオルにはガラス代を弁償しなければならないはずだが、かえって気の毒がって、ルジネック氏に見舞いをおくり、直ぐにガラスを入れかえてくれた。

「日本経済新聞」昭和三十三年一月一日

犬年

犬年というので思い出すが、去年の春のヨオロッパの旅でも、犬はなじみやすかった。ロンドンへ着いて直ぐ、国際ペン書記長のデビッド・カアバア氏が日曜日の昼飯に、すまいへ招いてくれた時、その部屋へはいると、いきなり犬が私に寄って来て親しんだ。これにはカアバア氏夫妻もおどろいたらしかった。チャッキイという名のペキニイズ種だった。九月、日本での国際ペン大会のあいだ、私はカアバア氏夫妻に、留守番のチャッキイはどうしているかと、聞こうと思いながら言い忘れた。手紙を出す時には、チャッキイにもよろしくと書くつもりである。

またの日曜日の朝、ハイド・パアクへ行くと、私の思った通りに犬の散歩をさせる人が多かった。松岡洋子さんはホテルで休んでいて、私一人だから、片言の英語を使ってみて、犬のことを言ったりした。引きづななしに歩く訓練がしてあると、自慢する老婦人もあった。その犬も私の足もとに寄って来た。私のどの服にも、鎌倉の家の犬の匂いがしみついているからのことだ。日本を立つ前、ワイヤア・クラブの人から、ロンドンの犬の展覧会を見て来るように頼まれたが、会には行けなかった。ただ、どこでも目に触れる犬には気をつけた。しかし、その日曜の公園で、体形がほんとうに秀でた犬は、ふきげんな老人がつれた、小型のプウドル一頭しか出会わなかった。駄犬や雑種も少くなかった。英国産の優秀犬の写真や、日本に輸入された実物しか見ていない私は、ロンドンの犬たちにかえって楽な温かさを感じた。犬ばかりのことではなかった。

カンヌのホテルのロビイで会った犬も、私は忘れられない。あの映画祭に日本の「米」が上演されるという日の夕暮だから、ロビイは花やかな群れの動きだった。その人と人の足のあいだを抜けて、不意に犬が私に近寄ってくると、前足を私のヒザにかけ、ほとんど抱きついてよろこんだ。小型にしてはやや大きいプウドル種だった。細い金のくさりを手にして犬の来る方に引っぱられてきた婦人は、このありさまにおどろいて、私に無礼をわびた。私はうちに犬が六頭いるといった。田付たつ子さんを知っているかと、婦人は聞いた。名前は知っている、本も読んだ、いま彼女は病気だ、重い病気だと答えた。私はしかし、ガンだとはいえなかった。婦人は心配顔で、田付さんは私の夫の親しい友だちだ、田付さんにくれぐれもよろしくと、名刺を出した。私は帰国してからペン大会の準備に追われて、田付さんに名刺をとどけるのを怠るうちに、田付さんは亡くなってしまった。

犬には英語やフランス語をしゃべらなくてもいい。私の家にも、アメリカから飛行機で来た、英国系の犬が一頭いる。人間は犬ほど楽に外国や外人に馴れまいが、私がヨオロッパへ行って、自分自身への第一のみやげは、これらの国でなら、しばらく暮らしていられる。暮らしてみたいという思いだった。カンヌからニイスを通ってモンテカルロまで、一人でドライブした時も、途中に小さい古びた宿を見ると、そんなところに一月、二月、静かにいたくなったりした。国際ペン大会長のアンドレ・シャンソン氏夫妻とロオマで会う約束を、パリで松岡さんがして、ロオマのホテルに訪ねると、スタインベックがフロオレンスへ来ているそうだ、彼はフロオレンスでいい仕事とよい日々をえているのだろうと、シャンソン氏は言った。私もフロオレンスに落ちついて、なにか書いていることは出来ると、その時思った。もっとも、梅原さんがフロオレンスの風景画を描いたようには、イタリイ人を小説に書けるものではない。

ヨオロッパで私は外国にいるということを忘れている時がよくあった。外国なれした松岡洋子さんが道づれのおかげだが、そればかりではなく、生来の浮浪性のためかと、自分に不安を感じたほどだった。日本をおもいだすのも妙な時で、例えば、オウルド・ビック劇場で「ベニスの商人」を見ながら、私たちが学生時代の英語教育、あるいは日本における英国人をおもいだしたり、ウエストミンスタア寺で聖歌隊を聞きながら、尾形乾山の十二ケ月色紙絵が心に浮かんで来て、日本の美しさをおもいだしたりした。粉雪がちらついて、石造の寺のなかは殊に冷える夜であった。

新しい年にもまたどこかの国にゆけるかと空想している。どの国のだれとも知られぬ外国旅行は、無上の開放であり、休養である。国際ペン大会の後、私の顔は国内になお広く知られて、どこも気楽に歩けやしない。しかしまた、ペン大会のおかげで多くの国々に見知りの文学者ができた。その国へゆけば、その人たちに声をかけないわけにはゆかないだろう。去年、東京に迎えたときも、向うで一度会ってきた文学者には、やはり私の親しみがちがっていた。それからまた、私はどこの国へ行っても、日本文学の紹介や翻訳の話が進められるのは、国際ペン大会を開いたからだ。私の「雪国」のような、小説の体をなさぬ作品が、スエエデンにも出版され、ロシア語、チエッコ語、ベトナム語にまで訳そうとする人のあるのは意外だが、アメリカのシュトラウス氏が「雪国」でさえ翻訳出版できたのだから、どんな日本文学でも出せるといったのはおもしろい。ことしは外国に訳される日本文学がふえていくだろう。

「北海道新聞」昭和三十三年一月七日

古都など

正月元日を鎌倉の家で迎えるのは、三年ぶりである。去年の元日は東大病院で迎え、一昨年の元日は京都で迎えた。年々、ラジオやテレビジョンで聞いてきた、京都の古い寺の鐘を、一度じかに聞きたく思って、一昨年は暮れの二十九日に京都へ行ったのだった。三十日とおおみそかとは、これというあてもなく、一人で京都を見物して歩いた。年の瀬だから、どこにも見物人などまったくいなくて、つねは見物人に印象をみだされる名所旧蹟もちがって見えた。三十日は嵯峨野に行き、嵐山で昼飯にした。吉兆もほとんどぎすもすでに暮れで店を閉じていて、千鳥という店にあがった。ここもう客は思いがけないらしく、昼飯の支度に三時間近くかかった。私はいそぐこともなくこたつにあたって、山すその木の間ごしに川と嵐山をながめながら、女中さんののどかな話を聞いていた。夜なかにうしろの山で狐に化かされた男が川へはいって行ったところを、朝になって見つかったというような話である。

嵐山へは前にも真冬に行ったことがある。花の嵐山、もみじの嵐山は、人群れに気が散るが、しいんとした冬にきてみると、やはり嵐山の美しさがわかると思えた。川の水も冷たい色に澄みとおっている。嵐山から苔寺にまわってみた。庭園内には若い女の二人づれの一組しか見えなくて、夕冷えが身に迫ってきた。大昔の湖水の底が京だから冷えるはずだと、このあいだも染織の竜村さんがいっていたが、冷える京都はその寒中に歩くのが、見物人の少いこともあるし、古い町の名残りの香がしみてきそうに思える。去年は十一月に一週間ほどと十二月に二度、藤田圭雄君に京都へ誘ってもらえた。その十二月、二人で幡枝の円通寺に行って、寒い御殿から叡山をながめたとき、また醍醐から日野の法界寺へ行って、私ひとりのために阿弥陀堂の扉を開いてもらった寒さなどが、印象に残った。清水寺も十二月に行くと、やはり嵐山と同じく、大きい美しさが知れた。

十一月のときは奈良にも行った。京都、奈良で夕焼けや入日を見ると、私はすぐ「来迎」を思うのも前からのことだが、薬師寺ではもう日が暮れ、門を出て行く木の間を満月が私たちにつれて移り、唐招提寺の夕闇は建物だけで人影もなく、ここの小池にも月の宿っていたのが忘れられない。京都では二尊院の裏山に、三条西実隆の極めてささやかな墓を見たのも、私にはなつかしかった。私は日本が戦い敗れてゆくあの年月のあいだ、昔、承久や応仁の戦乱の世に「新古今」の文化や東山文化が興って敗れたあとに心をひかれて、いくらか参考書を読み、藤原定家の日記の「明月記」や実隆の日記の「実隆公記」なども読み、それらの戦乱のなかの文化のかなしみを小説に書いてみたくなっていた。定家も実隆も、もちろんその小説中の人物である。怠け者の私は、戦後十五年の間に、その材料調べも進めていないし、書けるほどの余命はないかもしれないが、定家の跡や実隆の墓は、通りがかりではすまぬ気持ちがいまもある。明恵上人の高山寺などもそうである。

一昨年の暮れは、京都で会う人もなく、めずらしく一人で、バアのおそめにはいって行ったりした。初瀬川松太郎氏が居合わせて、私が除夜の鐘を聞きに来たというと、おそめさんと二人で、鐘を聞く場所をあっせんしてくれた。私ひとりで聞くはずのが、初瀬川氏とおそめさんの二人につきあってもらって聞くことになった。舞妓を二人呼んでくれてあった。鐘隣閣とかいう家で、その名のとおりに、知恩院の鐘のすぐ隣りで、音を聞くにはあまり近過ぎたけれども、私には来たかいのある、めずらしい年忘れだった。

鐘の鳴るうちに元旦になった。祇園社におけら詣りをし、四条通の人出をぬってバアにより、都ホテルにもどり、元日の特急はとで鎌倉に帰った。舞妓たち、女給たち、はとガアルたちに、さきいのお年玉を渡せたのも、こういう元日の楽しさだった。

私は京都への行き来は、たいていはとに乗っていたので、はとガアルたちとも顔見しりだったのが、去年の十一月、しばらくぶりで乗ると、おおかた新顔に変わっていて、結婚した人が多いと、老ボオイの話だった。それよりも京都の町のひどく変わっているのにおどろいた。古都としての京都の町はやがて壊されてなくなってしまう、戦後のつまらぬ地方都会のようになってしまうと、私は京都の人にもいった。どうふせぎようもあるまい。京都は焼けていないから、いまの盛り場などの新旧のごったまぜ、ごったかえしは、私に戦前、いや大正震災前の浅草に似たところもあるかと思われて、そういう奇妙な郷愁を誘われたりもした。京都と大阪とのあいだの農村に育った私は京都も大阪もよくしらない田舎者なのだが、東海道線を京都に近づくにつれて、山川風物にやわらかい古里を感じる。奈良、京都は日本の古里にしても、奈良には古い町がない。京都らしい町のまだあるうちに、私は京都をもっと見ておきたいと、いまさらのように思う。京都あたりを見、できれば外国を見たいのが、新しい年の私のねがいである。

京都を見て、なにか書ければよいが、強いて書くつもりはない。その書くものが小説にならなくてもかまわない。小説を小説の形に構えることは、もとから私の得意でないけれども、これからもその勉強はしそうにない。また私は西洋の文学の新しい動きを追うのが新しいとも思わぬし、時代の新しい動きを追うのが新しいとも思わない。私は京都の古い町などを勝手に歩いていたい。去る十二月十五日、伊賀の柘植に、横光利一文学碑が除幕されたので、その式に出る心支度に、私は横光君の作品や諸家の横光記などを少し読み返してみたが、草野心平氏の思い出の記によると、横光君は死ぬ三月ほど前、草野氏にあてた手紙の終わりを「許されよ、許されよ。詩を書きたし。詩を書きたし」と結んだとか。その横光君の言葉が京都から柘植に行く汽車の中の私をとらえていた。横光君の命日は暮れの三十日だ。いつの年か、命日に横光家へ行った帰り、私は石塚友二君と高浜虚子氏の俳句の話をした。鎌倉駅にはり出されていた、歳暮、年初の句の一つで、「去年今年、貫く棒の如きもの」が大した句だと話し合ったのだった。

「毎日新聞」昭和三十五年一月一日

2

秋山居

今日、ゴルフ・コオスに狐が出た。狐は霧が巻くと出るという。球の行方も見定めかねる霧のなかに、狐のひとり遊ぶのを、私達はしばらく眺めていた。その狐はどこかの養狐場から逃げ出したらしい銀狐である。はじめは黒い犬かと思ったが、動作が少し魔物じみ、太く長い尾のさきに白があるので、狐だと分った。深い霧の芝生に、狐はいかにも楽しげに遊び戯れていた。子供がひとりぼっちで遊んでいるという風だった。孤独を楽しんでいるという風だった。霧のなかに黒い狐の姿が一つ浮かび動いて、しんと私に孤独が迫って来るのである。この狐は時々見かけるという話だから、養狐場を逃げ出して大分になるのだろう。銀狐の仲間があたりの山にいるはずもなく、これこそ全くの孤独である。猫か犬かがひとりでじゃれるように遊んでいるのだが、柔かく、軽く、早く、空を飛ぶ感じの動作で、見なれぬ眼には、なにか象徴的だった。可愛くて、そして立派だった。山の中の一軒家に居残っている自分は、この狐に似たものであろうかと、ふと思ったことであった。

もう十日以上もゴルフ場の客は私達夫婦だけである。その前には私達のほかにアメリカ大使館の一組があった。「素浪人」という署名があるので、誰がふざけたのかと問うと、スロオニンという海軍武官が自分の名を漢字にしゃれて書いたのだった。快活な青年で、私にクラブを貸してくれたりしたが、少しあたり出すと、「面白い、面白い。」と言い、その面白さのために、十月の初めまで軽井沢にいたものと思われる。自分の国のスポオツを日本ではじめるアメリカ人やイギリス人の少くないのも面白い。大使館員だからボオルは幾らでも本国から取り寄せられるのが羨ましい。一度三ホオルまでいっしょに廻ったことがあるが、向うですっかり照れてしまって、さっぱりあたらない。アメリカ人が私より羞かむなんて可笑しいことだった。しかし、今はうっかり口をきいてもお互いに迷惑なほどの時世で、先方から避けていてくれるようなところがあった。アメリカ人の羞かみと言えば、私の山小舎の隣人のS先生の令嬢も、道で出会ったりすると、固くなって、うつ向いて、頬を染める。日本の娘の感じそっくりである。日本の娘としても、古風で、牧歌風である。日常にも日本語をしゃべっているが、それが東北弁である。父の先生の話では、その東北の町の外人は自分達だけで、娘の友達も自然日本人ばかりだから、娘は西洋人に会うと恥しがって困る、それで軽井沢の外人学校に連れて来たいのだが、娘は軽井沢を厭がるということだった。無論、日本に生れて、日本に育ち、日本化しているという以上に、郷土化しているのだった。東北の風土が匂う少女となっている。また、秋深くまで居残っていたアメリカ人の一家には、餡パンと醤油と糠漬けが好きで、「アメリカへ帰ったら困るわ。どうしようかと思うわ。」と言う少女もいた。

彼女等は然るべき年になればたいてい母国の学校へ留学するのだが、いわゆる第二世で、向うの生活はよほど勝手がちがうだろう。そして学校を卒業すると、また日本へ帰って来るのが少くないらしい。しかし、今度は留学なんてことではなく、そういうイギリス人の多くが帰国しつつあり、アメリカ人もまた帰国することになるかもしれない。今年の軽井沢は、外人宣教師達にとっては、悲劇の夏であったようだ。それは彼等が当然受くべき運命であり、或いはまた激流の飛沫を浴びたに過ぎぬであろう。年久しく夏も冬も軽井沢に住み通す寡婦が、生命も財産もすべて愛する日本に持って来ているのにと泣いたとて詮ないことである。そういう悲劇の端くれが耳に入る度に、海外から引き上げなければならなかった日本人の悲劇を思うのは必然である。アメリカの土を耕して来た日本人達はどうなるのであろうか。

しかし、フランスやイギリスから引き上げて来た日本人は、あまりフランスやイギリスを怨み罵りはしない。これは日本人の美徳であるが、日本を引き上げてゆく外人にも、またこれを学ばせたいものである。私はキリスト教に縁がなく、外人に交わりがないので、残念ながらこの夏の悲劇を知ることは出来ないけれど、とにかくその一生を日本で過し、日本の土になるつもりの老人達が帰ってゆく、寂しい後姿には、多少の感傷なきを得ない。まことに日本を愛し、日本のために捧げた一生であるなら、それはほろびるものではなかろうと、後姿に一言告げてもみたい。息子を先に帰し、自分一人踏みとどまるつもりの老人があるが、それも帰らねばならなくなって、日本在留五十年の記念会をすませてからにしたいという。五十年と言えば、私の生れる前である。去年私はやはり十月の初めまで山小舎にいて腹痛を起し、軽井沢には日本人の医者がないから、サナトリアムのマンロオ先生に来てもらうと、先生は日露戦争に日本軍の軍医として従軍したという昔話を聞かせられて、自分の年と思い合せ、なにか不思議な気がした。この人はスコットランド人だが日本に帰化している。冬は北海道のアイヌの部落へ施療に行き、アイヌの研究家である。私の山小舎の前の持主のニコデマスという宣教師は、国へ帰って亡くなったところ、その未亡人がまた日本へ帰っているということを、この夏聞いた。

夫が日本に長く暮らしたからと言って、夫が日本で死んだからと言って、未亡人が日本の土になりに来る、それも一旦本国へ行った老婦人がまた日本へ戻って来た例も二三にとどまらないのは、日本婦人の学ぶべき点であろう。信仰のためにしろ、夫の莫大な遺産を異国民のために費して惜まないのである。

私の山小舎のある雑木林は、外人の土地所有が許されなかった時代に売買されたとみえ、九百九十九年の地上権ということになっている。私はその権利を引きついで、つまり九百何十年かの地代を前払いしたと同じわけである。所有権に改めることも出来るだろうが、私有財産欲も千年先きの心配は漠々とした空想の彼方で、可笑しいくらいである。九百九十九年という期限のある方がなんとなく面白い。私のいるあたりはみなこういう土地である。三四年前までは近所隣りがことごとく外人であったのに、続々と日本人の手に渡り、日本人が住むようになって来た。軽井沢全体がそうである。この夏から秋へかけてのありさまでは、外人の家は大半、売家だと思っても差支えないほどである。アメリカ人やイギリス人が売る代りにドイツ人が買うと言っても、まだその数は高の知れたもので、もしかすると来年の夏あたりから、イギリスやアメリカの宣教師によって開かれたこの町が、いよいよ急な変りようを見せるかもしれない。帰国をいそぐ外人の売家が軒並というほど多いから、定めし安かろうと考えると、とんでもないまちがいで、法外に高いのである。仲介者が吊り上げたのでなく、外人の所有主の言い値が仲介者をてこずらせるのである。一般に土地家屋は暴騰しているし、為替関係があるにしろ、軽井沢としては馬鹿らしい値だ。決してうろたえた投げ売りはしない。落ちつき払って勘定高い。私などは感服もするが、不愉快でもある。思う通りに売れなければ売らずに帰国するし、戦争がすめばまた来れると言う。例えば前の欧州大戦の時には、ドイツ人達は軽井沢の奥の森に肩身狭く隠れるように住んでいた。匈奴《フンヌ》の森の名の起りともいう。それが今年の夏はドイツ人の数が著しく殖え、避暑季節のはじまりにドイツ人の大会が連日集会堂で開かれていた。その頃はまだアメリカ人は交戦国でもなく、日本にも恐れられている国のしるしとしてオオトバイや自動車に星条旗を立てて走っていたものだ。この夏は大公使館の自動車もいつもほど目立たなかったようだが、既に亡びた国の公使館の車を見たりすると、私はしばらく考え沈んだ。

軽井沢の隣人としては私は西洋人の方が好きである。この高原の習いとしての色彩でもあるし、井戸端会議的に家のなかを覗かれなくて気楽だからでもあるが、第一秋まで長くいてくれるのがいい。避暑地の秋口の日本人のあわただしい寂しがりようは、こちらまで落ちつきを失わされてしまう。満員の乗物に先きを争うのと同じである。いつか野尻湖をモオタア・ボオトで廻った時、森のなかでただ一人楽しそうに遊んでいる少女を見た。ゴルフ場の銀狐のようであった。森のなかに住居があろうが、それは一軒屋で、岸を行く路はなく、ボオトで湖を渡るという話だった。西洋の子供にはこの少女のようなところがある。避暑客が去って人気のない林に寂しがりもせず幼い子供が平然と遊んでいる。日本の子供は孤独に堪えられない。美しい人情かもしれないけれど、深い思想も大きい創造も生れない。

と言ったところで、私はなにも孤独を愛するがゆえに山の中の一軒屋となるまで辛抱しているというわけではない。隠遁の心も一向にない。私達の孤独や寂蓼は、東京の真中にいるからとか、人里離れているからということには、あまりかかわりがない。山に籠って格別の思索や勉強をしているのでもない。なぜ今頃までいるかと問われたら、私は答えに窮し、考えてもわからない。ただなんとなくいるうちに秋が深くなってしまっただけのことであろう。行く先き先きの土地につい落ちついてしまって長くなる私の性癖だけのことであろう。わがままな自分の好むところに従っているのだろう。まるでお客のために来ているような夏よりも、秋の方がよいと言えるが、それほどこの高原の秋が好きなわけではない。どこにいても読み書きの出来る私の職業では、東京近くへ帰らねばならぬ理由がなにもないし、私の山にいなければならぬ理由もなにもない。土地の人でさえ寂しかろうとあきれるけれど、その寂しささえ忘れ、のんきな怠け者なのかもしれない。避暑客の帰りをいそぐ秋口はさすがにいやだが、それを通り越した後はほとんど無意識に過して、町へ通う路の落葉を踏む自分の足音に、おやおやと思う程度である。家に帰ったとて、どうせ直ぐまた旅に出るのである。私はまだシナも知らないが、遠くへ行くのはちょっとこわい気もする。そこに落ちついてしまいそうだからだ。もしかすると異境で果てるのではないかと、この頃思う。

近所に人気がないので鼠も蠅も私の山小舎へ集まって来ることがある。暖い日はまだ蠅がこんなにいたかと思うほどだ。蠅もほかに行きどころがないのだし、もう間もなく死ぬのだし、蠅が運んで来る汚いものも近くにないのだから、まああと女房をなだめて、蠅の好きなようにさせていた。無論女中はいない。女中が寂しかろう、帰りたかろうと思うだけで、こちらの重荷だから、毎年先きに帰す習わしである。女房は私の癖がうつったか、こういう暮しになれてしまった。しかし昨日（十月十四日）の夕方浅間の大きい爆発があって、しばらく大地が鳴りとどろいた時には、帰りましょうかと言ったが、直ぐに帽子をかぶり、雨傘をさして、表へ見に行った。帽子は小石が降った場合の用心である。霧雨でなにも見えなかった。噴煙は上州へ向ったらしく、後で新聞を見ると、上信国境のつつじケ原一帯には親指大の石をまじえた火山灰が約二十分間大雨のように降り、浅間牧場千十八町歩の牧草は全滅に瀕し、放牧の牛の食料を奪ったということである。一昨年は十月の初めに爆発が毎日のように続いたので少し気味が悪くなって、引き上げることにした。帰りは中里恒子さん夫妻と諏訪から木曾へ廻ったが、和田峠から振り返ると、ちょうどまた噴火したところであった。その前の年は十一月の末までいた。無論雪を踏んで町へ行き来した。鉄管が破裂するからというので水道も止められ、家中の容器に水を汲みためておいて五六日は使った。そうして私達が帰った後、堀辰雄君は学生と二人で、この山小舎に冬を越したのだった。下の外人の家の井戸から水を汲むのに、先ず湯を注いで、凍りついたポンプを温めたという。この秋は愛宕山の奥の家に芥川龍之介氏の甥の兄弟がまだ暮している。兄さんの方は新婚、弟さんの方はいいなづけ、東京の住宅難のため帰れぬということだが、山小舎に兄弟の新婚生活は物語じみている。町でよく見かけるいいなづけのひとは寒さの支度をして来なかったらしく、男のズボンを穿いたり、もう髪結もなくて無造作に束ねていたり、その幼な妻の風情がおもしろい。

この間、町へ車をひいて来る八百屋が海苔をむき出しのまま売り歩いているので、無茶なことをすると言うと、秋はそれで大丈夫しめらないのだそうな。そのような高原の日和つづきも、昨日の雨、今日の霧で、ちょっと崩れた。しかし、銀狐の遊んでいた霧は、私がゴルフ場から帰ると間もなく晴れて、夕暮の雑木林の色づきが美しく、雨戸を閉じ惜み、私は炉に薪を焚きながら恍惚と見とれていた。ゴルフ・コオスには柏が多く、私はその赤い葉を手にさわってみたりする。去年は樅の大樹に惹かれて、近くのフランス人の庭にあるのなど一日に何度も見に行き、「高原」の終りにも書いたが、今年は柏だとか、朴だとか、栃だとか、大きい葉が面白い。しかし朴の黄葉は汚い。私の山小舎の裏にもあって、落葉を抱え拾って来てはたきつけにするが、裏向きに落ちているのが多いようだ。内側へ枯れ縮まるからだろう。夜なかにこの朴の葉の落ちる音にはおどろく。屋根を叩く。また人の足音のように聞える。それよりも枯枝の折れ落ちる音は、実に激しく秋の夜を貫く。

「オール讀物」昭和十五年十二月

哀愁

このごろ妻が声楽を習っている（ことになっていて）、今も座敷の方でしきりと歌っている。歌声が歩いているから、掃除でもしながららしい。習い初めにしてはうまいものだ、女房にしてはいい声だと、私は少し怪訝《けげん》にも思っている。しかし若い女歌《おんなうた》の甘さでいい気持になっている。――そのいい気持のまま私は目が覚めた。歌も続いて聞えていた。

妻が歌っているのではないと分るのにちょっと間《ま》があった。

私は寝床から家人を呼んで、あの歌はうちのラジオか近所の蓄音機かと聞いた。妻が茶の間にいて、浜の海水浴場でのレコオド演奏だと答えた。毎日鳴らしているのを知らないかと言った。私は苦笑したが、いい気持はまだ残っていて、しばらく聞いていた。やがて例の調子の流行歌に興醒めして来そうなので起きてしまった。

正午過ぎだった。

私に歌が聞え出した時はもう半ば覚めていたのだろう。歌で起されつつあったのだろう。しかしまだ私の頭はその歌が家のなかのことと思うほどしか働かないので、妻が声楽を習っているという夢になったらしい。

妻の夢を見るなど絶えてないことだった。

また、私は午前四時ころまで机に向い、それから一二時間床のなかで本を読み、雨戸をあけて朝風を入れて寝入る習わしだから、暑さ盛りのこのごろでは日中の目覚めが重苦しい。

それが今朝はとにかく歌声でいい気持の寝起きであった。幸福というような気持であった。幸福というようないい気持でいるうちに、自分は存外幸福な人間ではあるまいかと思い出した。

私の夢は音楽の夢としては極めて幼稚な夢である。文学についてはこのような夢を見ることは出来ない。なにかを読んでいる夢、なにかを書いている夢はときどき見るが、目覚めては自分の夢に驚くことが少くない。呉清源が夢でおもしろい手を思いついて覚めてから打ってみると、私に話したことがあった。夢のなかで書いている私は現の私には覚めて書いている私よりもよほど霊性が働いていたようで、夢が覚めてから驚く。自分のうちにもなお汲むべき泉があるかと慰め、また所詮自分にも大方はつかまらぬ生の流れを哀れみもする。夢で書くなどもとより荒誕無稽であろうが、裸形の魂の天翔る姿を見ないとは言い切れない。また片寄った生業《なりわい》の悲惨と醜怪とが夢にまでつきまとうのも無論である。

私が音楽に多少親しんでいれば、海水浴場の流行歌演奏などで夢現《ゆめうつつ》にしろいい気持にされるわけはないだろう。私は音楽を知らない。私の生涯は音楽という美を知らずに過ぎるのかと、私はそういう風な考え方もする年齢に来てしまった。音楽を知るためにはどのような犠牲を払ってもよいと思うことがある。大袈裟な言葉のようだが、趣味や道楽で味う美は高が知れたものだし、一つの美に触れるのも運命のめぐりあわせによるし、短い生涯で知られる美は極めて微量だと私は追々痛感するようになって来た。一人の芸術家が一生につくり出す美の限度についても折節考える。

例えば画商が一枚の絵を持って来たにしても、私はめぐりあわせと感じられたら幸いだろう。しかし、その絵の美を私がよく汲み取れないのは情なくなる。そして、この絵は自分が持つ美を残りなく汲み取ってくれる人にめぐりあうことがいったいあるのだろうかと、絵のために考えてやって、とらえどころのない疑いにとらえられる。

勿論私達のところへそう高価な名画は舞い込まない。また私の会心の絵にもめぐりあえないが、自分の家で見た絵では浦上玉堂やスウチンなど心に残るものはあった。二つとも小品だがよう買わなかった。

私は音楽を知らないように美術もまた分らない。美術を解する素質や能力がないとは思いたくなく、よいものを多く見ていないからだと教養の不足を恥じるだけでかたづけたいが、そうではない自分のそういう暗量に気づいてから年久しいのである。

姉妹芸術まで行かなくても、実は私の生業の文学の領分だけでもことは似たものである。自分に分ると安心の持てるのは小説ひとつしかない。小説も時代と民族とを異にするともう理解がゆきとどかない。詩歌となると、同じ時同じ国の知友の作品さえ鑑識は不確かで、私は詩歌の批評が書けたことはない。そうしてかえりみると、小説も隈なく見えているのか疑わしい。隈なく見えるということは何人にもあり得るはずはないが、小説についても私の目は広くも深くもないということになるしかない。

このような慨きも五十歳近くでは冷い恐怖が伴う。

もっとも今にはじまった慨きではない。この私の欠陥の自覚も年久しいものであって、そこに逃口上さえ見出していた。つまり、ものがよく分らないと自分に分るのは私が芸術にたずさわっているからで、芸術にかかわりなく自然や人生を見ていたらものがよく分らないということが分らなかっただろう。そうして私はものがよく分らないということの幸福を少しずつ思うようになって来た。

この逃口上には無論幼稚なごまかしがある。分れば分るほど分らなくなるという人の言草としてなら意味があるので、分らない手前にうろついている私では逃口上に過ぎない。しかし、芸術が分らないことに私は幸福を感じないけれども、自然や人生の分らないことに幸福を感じるのは事実である。この言草にも勝手な飛躍はあろう。とにかく事実としておく。そして私は作家としてのこの不安と不足とに、生の安心と満足とを覚える時がある。あきらめの弱音とも言い捨てられない。

戦争中、殊に敗戦後、日本人には真の悲劇も不幸も感じる力がないという、私の前からの思いは強くなった。感じる力がないということは、感じられる本体がないということでもあろう。

敗戦後の私は日本古来の悲しみのなかに帰ってゆくばかりである。私は戦後の世相なるもの、風俗なるものを信じない。現実なるものもあるいは信じない。

近代小説の根底の写実からも私は離れてしまいそうである。もとからそうであったろう。

さきごろ私は織田作之助氏の「土曜夫人」を読んだ後で自作の「虹」を校正してみて、似通っているのに驚いた。同じ悲しみの流れではないか。「土曜夫人」の言わば自分を追いつめた勢いの乱れ咲きの蔭になんと悲しい作者の心底であろう。その悲しみが私の作者の死を悲しむ思いと一つに流れ合った。

戦争中に私は東京へ往復の電車と燈火管制の寝床とで昔の「湖月抄本源氏物語」を読んだ。暗い燈や揺れる車で小さい活字を読むのは目に悪いから思いついた。またいささか時勢に反抗する皮肉もまじっていた。横須賀線も次第に戦時色が強まって来るなかで、王朝の恋物語を古い木版本で読んでいるのはおかしいが、私の時代錯誤に気づく乗客はないようだった。途中万一空襲で怪我をしたら丈夫な日本紙は傷おさえに役立つかと戯れ考えてみたりもした。

こうして私が長物語のほぼ半ば二十二三帖まで読みすすんだころで、日本は降伏した。「源氏」の妙な読み方をしたことは、しかし私に深い印象を残した。電車のなかでときどき「源氏」に恍惚と陶酔している自分に気がついて私は驚いたものである。もう戦災者や疎開者が荷物を持ち込むようになっており、空襲に怯えながら焦げ臭い焼跡を不規則に動いている、そんな電車と自分との不調和だけでも驚くに価いしたが、千年前の文学と自分との調和により多く驚いたのだった。

私は割と早く中学生のころから「源氏」を読みかじり、それが影響を残したと考えているし、後にも読み散らす折はあったが、今度のように没入し、また親近したことはなかった。昔の仮名書きの木版本のせいであろうかと思ってみた。ためしに小さい活字本と読みくらべてみると、確かにずいぶんと味がちがっていた。また戦争のせいもあっただろう。

しかし私はもっと直接に「源氏」と私との同じ心の流れにただよい、そこに一切を忘れたのであった。私は日本を思い、自らを覚った。あのような電車のなかで和本をひろげているという、いくらかきざでいやみでもある私の振舞いは、思いがけない結果を招いた。

そのころ私は異境にある軍人から逆に慰問の手紙を受け取ることが少くなかった。未知の人もあったが、文面は大方同じで、その人達は偶然私の作品を読み、郷愁にとらえられ、私に感謝と好意とを伝えて来たものであった。私の作品は日本を思わせるらしいのである。そのような郷愁も私は「源氏物語」に感じたのだったろう。

或る時私は、「源氏物語」は藤原氏をほろぼしたが、また平氏をも、北条氏をも、徳川氏をもほろぼしたという風に考えてみたことがあった。少くともそれらの諸氏がほろびるのにこの一物語は無縁でなかったとは言えるだろう。

それと話は大分ちがうけれども、今度の戦争中や敗戦後にも心の流れに「源氏物語」のあわれを宿していた日本人は決して少くないだろう。「土曜夫人」の悲しみも「源氏物語」のあわれも、その悲しみやあわれそのもののなかで、日本風な慰めと救いとにやわらげられているのであって、その悲しみやあわれの正体と西洋風に裸で向い合うようには出来ていない。私は西洋風な悲痛も苦悩も経験したことがない。西洋風な虚無も廃頽も日本で見たことがない。

浦上玉堂やスウチンの小品が私の心に残ったのも、やはりその悲しみのゆえであった。玉堂は秋の夕の雑木林に鴉の群れている絵であった。赤の色をやはりスウチンと同じように悲しくつかってあるが、これは薄く、またくすんで、雑木の紅葉と夕空とがとけ合って暮れてゆくような、うら悲しい寂しさが画面に立ちこめていた。日本の晩秋のわびしさそのものであった。雑木と鴉のほかはなにも描いてない。手前に大きな木一本だけがやや精しく描いてある。どこにもありふれた林の写生のようで、南画風の癖はほとんどなく、自然の趣きが見る者にしみて来る。林の向うになにか水がありそうにも感じられる。澄んだ秋の日らしいのに、日本の湿った空気の潤いも画面にあって、夜露の冷たさを思わせるからだろう。秋の野末や山の端にひとり行き暮れた旅愁が身にしみる絵であった。「東雲篩雪図」ほどに冷くはないが、無論甘くはない。「東雲篩雪図」が冬の厳しさなら、林に鴉の図にも秋の厳しさはあった。秋の絵の哀愁と寂寥とが多少感傷的であるにしても、日本の自然が実にこうなのだからしかたがないというものだった。琴を抱いて放浪したという玉堂のこれは晩年の絵であろうと思った。年譜を調べてみると、四十そこその絵と知れた。四十歳でこんな絵を描いていたのかと、私は感に打たれた。またどこか若い絵のように見え出した。私が絵を分らぬせいであろう。もし私がこの絵を持ったとして、秋の夜ふけ仕事に行き悩んだ時など眺めたら、悲しくて寂しくてたまらないだろうという気がした。しかし、心が傷ついたり気が沈んだりする意味ではなく、私の宿命の流れをただ遠く見送ることになりそうなのである。「凍雲篩雪図」はこの文章の後、私の手にはいったが、写真で見るほど実物の絵は「厳しく」はない。

スウチンは少女の顔であった。両手の掌にいっぱいくらいの小品である。みじめな、みすぼらしい、泣きゆがめたような、病みくずれたような顔だが、見ていると、悲しみは切なく、愛は濃い。清純で可憐な顔が浮き出て来る。

私は玉堂の絵も少ししか見ていないが、スウチンの絵はこれ一枚しか見ていない。しかも極小さいし、いつごろの作かも知らない。この一枚でスウチンを言うのはすさまじいが、この一枚のスウチンが心に触れたことは確かで、私にはこれはスウチンの感情がよく出た絵ではなかろうかと思え、前の貧弱のころの絵ではなかろうかと思える。玉堂の秋の林の悲しみとは無論ちがうが、スウチンの少女の悲しみも案外私に親しいものであった。

スウチンの絵は去年の十二月にも巴里の画廊に陳列されたらしく、「誰一人として、スウチンの作品の前で冷淡ではいられなかった。若い画家たちが、彼の作品を見るに堪え得ないと言うのも、確かに無理からぬことだ。そしてこのことは、その作品にありありと見える、殆ど堪え得られぬ程の悲壮感を告白していることになる。云々」(シャルル・エスティエンヌの通信、青柳瑞穂氏訳、「ヨオロッパ」二号)などとも言われているが、見るに堪え得ないほど悲しみが凄烈ではなさそうに私は思う。スウチンが血脈と言われるゴッホやドストエフスキイのような恐しい大作家ではないことは明らかである。スウチンについて言われるのを私が読んだ言葉の数々、狂燥、熱狂、矯激、野性、残忍、恐怖、神秘、孤独、苦悩、憂鬱、混乱、腐敗、病身などという言葉の数々は、やはり言葉というものがまぬがれぬ誇張の形容に過ぎなくて、一枚の絵の前ではすべて空しいように私は感じる。

この少女の顔のスウチンは、頽敗的であろうけれども、素朴な哀愁にやわらいでいる。末世的ではあろうけれども、切実な哀憐にあたたまっている。わびしい孤独も異教の神秘と言うほどのことはなく、人肌の恋しさを感じさせる。片目はつぶれ、耳はひしげ、鼻はまがり、口は吊った、このような顔で、スウチンの血いろもつかってあるが、少女はなつかしげに生きている。数々の言葉のようにスウチンには異様に強烈な絵が多いのだとすると、この少女の顔はスウチンの魂の素直なひとしずくと愛すべきなのかもしれない。

しかし私はこの小品を買うという気にはなりにくい。一見きたならしいからではなく、これが目にふれるところでの仕事は、私の悲しみの流れに絵が加わりそうだからである。また私は玉堂の秋やスウチンの少女のように悲しいのが、文学的、抒情的なのが、絵として最も好きというわけでもない。西洋人の絵を買えるなら私はやはり裸婦がほしい。玉堂もスウチンも近所の美術商緑陰亭へ来たので私の家へ借りて来られただけのことだが、心に残る哀愁の絵と二つつづけてのめぐりあいは、あるいは偶然でなかったかもしれない。

音楽についても少し書かないと首尾とどのはないけれども、くたびれてしまった。野上彰、藤田圭雄両氏の童謡集「雲とチュウリップ」に寄せた私の序文から、短い言葉を引いて、後はまたのことにする。

「もの悲しげな子守歌が私たちの魂にしみた。いのちの流れぬ子供歌が私たちの心を鎧った。

日本は軍歌も哀調を帯びていた。古の歌のしらべは哀愁の形骸を積重ねた。新しい詩人の声も直ぐ風土の湿気に濡落ちてしまう。」

「社会」昭和二十二年十月

岩に菊

どういう質の岩であったか、和田八重造、粟津秀幸二氏が共著の「原色日本岩石図譜」などを見て、思い出そうとしたけれども、よくわからなかった。岩石について無知の私には、その岩の現物の前で図譜をひらいてみても、図のどれにあたるか確かめることはむずかしいだろう。ましてその岩はもう三十年も見ていない。遠く離れた故郷の岩である。

その岩は前面に大きい窪みがあって、そこに土を入れ、菊が植えられていた。白い花の咲くのを私も見ておぼえている。鞠のように花びらが盛り上った菊だった。今、鎌倉のどの花屋にも、似た形の大輪を売っているが、あの昔の菊は岩の上であるし、世話もとどかないから、同じ種類の花が小さくなっていたのかもしれない。

鎌倉の花屋の白菊は花が重いから、細い花入に立てると、ひっくりかえりそうに見えるほどだ。花は小さくても、岩に咲く白菊はしずかだった。

しかもその菊は、思いつきやなぐさめで、岩に植えられているわけではなかった。供養のためであった。

岩の上に女の首が出た。幽霊である。供養をして、岩に菊の花を供えると、女の首は現われなくなった。それから岩の窪みに、毎年、菊を植えることにした。そういう話があった。

三十年も故郷に帰らない私は、毎年菊を見ながら、そんな岩など思い出さずに過ぎていたのだが、この秋はふとした折に、あの岩も一つの供養石、一つの墓石と見られぬことはないと、思い出したのであった。

私は古い石造美術を見に、鎌倉の寺々を歩いていた。

「鎌倉時代のもので、鎌倉にのこっているのは少いが、もとのままなのは、石が多いんじゃないか。」と私は人にも言った。

例えば、覚園寺の開山の宝篋《ほうきよう》印塔《いんとう》、同じく二世の宝篋印塔、極楽寺の忍性の五輪塔、鶴ケ岡八幡宮の石鳥居、建長寺の大覚禅師の無縫塔などは、いずれも旧国宝である。重要美術品も、別願寺の宝塔、上杉憲方の逆修宝篋印塔、その他数点あるし、北条重時の宝篋印塔は史蹟に指定されている。また、五所神社の倶利伽羅《くりから》板碑、北条道合の七重塔、浄光明寺の地蔵石仏などもある。鎌倉時代は石造美術の全盛時代であったのだ。

しかし、こんな石のものを見て歩く人は少いのだろう。私も鎌倉に十五年住んでいて、この秋までは見る気もなかった。古い墓であることが多い。

「墓だからね。」と、私は家の者も誘わないで、一人で見に出かける。

墓であるからというのが、しかし私の見て歩くようになった初めであった。私の友人や知人はすでに幾人も死んだ。その人たちの墓が出来、私はいろいろの形の石の墓を見ることが重なった。墓の前に立って故人を思うから、おのずとその石の形についても思うようになる。

友人の一人は先立った妻のために、宝篋印塔の小さい墓をつくった。宝篋印塔は銭弘俶の金塗塔の形から生れたという。呉越王銭弘俶が阿育王《あそか》の造塔の故事にならって、八万四千の銅塔をつくり、宝篋印心呪経をおさめて、諸国にわけたのが、日本にも伝わった。この小さい金塗塔は、日本の天暦九年にあたる年につくられた。そして、石の宝篋印塔の遺品は、鎌倉時代にはいってから現われ、また宝篋印塔の美しい作品は、鎌倉時代に限るとも言われている。

私は二階堂の覚園寺の谷《やと》に、十年余りも住んでいたから、その浅い谷の突きあたりの寺へ、散歩に行くことはあって、二基の名塔はとうに見ていた。しかし、この開山塔と六世大燈和尚塔とが、関東で最も大きく美しい宝篋印塔だとは、近ごろまで知らなかった。大正十二年の大地震で、開山塔の上部がころげ落ちた時に見ると、塔身に穴が二つあって、片方には遺骨がはいっていたそうである。

十国峠を越えるバスの窓から、山道の下に私も度々見た、多田満仲の墓と俗にいう塔も、鎌倉時代の宝篋印塔である。また、京都の新京極の賑わいのなかに見る、和泉式部の墓と俗にいう塔も、やはり鎌倉時代の宝篋印塔である。これは高さ十一尺五寸、覚園寺の塔は十三尺余りで大きいけれども、宝篋印塔は形が華麗で繊細だから、小さいのは女性の墓にふさわしいだろう。

美しい石の墓のある覚園寺の谷に住みながら、私が石の墓を美しいものとして先ず見たのは、京都の大徳寺にある、千利休の墓の宝塔や細川三斎の墓の燈籠だった。この宝塔や燈籠は、利休や三斎が生前愛したのを墓としたのだから、初めから私たちも利休や三斎が美しいと見たものとして見るわけである。それに茶の環境のせいで、一般の古墓とはちがう、親しみと明るさを感じる。

利休の宝塔は塔身の扉型のところがくり抜かれていて、そのなかに耳を入れると、松風のような湯の音が聞えるという。私も首を突っこんでみた。痩せた私の顔はちょうどいっぱいにはいって、出す時に少し頬骨が石にこすれるほどである。

「釜の音が聞えますか。」と聞かれて、「そうだね。聞えると思うと、なにか聞えるようだね。」と、私は答えた。墓石のなかに顔を入れても、それを墓と思うよりも、利休の釜の音を聞こうと思っているわけだ。

「利休はこの石塔が好きでたまらなくて、舟岡山の麓の二条院山陵から盗んで来たという伝説がある。」と、私は言った。

宝塔は法華経の「見宝塔品第十一」によって生れたという。釈迦が霊鷲山で法華経を説いていた時に、地下から七宝の塔が湧き出して、空中に浮んだ。荘厳なその塔のなかに声があって、釈迦をほめたたえた。釈迦が右の指で塔の扉を開くと、多宝如来の仏身が獅子の座にいたが、釈迦に半座を分けた。「その時、大衆、二如来の七宝の塔の中の、獅子の座に在《いま》して、結跏趺坐《けっかふざ》したまふを見たてまつり、おのおのこの念《おもひ》を作《な》さく、仏は高く遠《はる》けきところに坐《い》ます。ただ願くは如来よ、神通の力を以て我等の輩《ともがら》をしてともに虚空《みそら》に処《すま》はしめたまへと。たちまちに釈迦牟尼仏、神通の力を於《も》て諸《もろもろ》の大衆を接《まね》きて、皆虚空《みそら》に在《お》きたまふ。」そして、「この多宝仏の、宝塔に処《いま》して、常に十方に遊びたまふは、この経のためのゆゑぞかし。」と釈迦の言うように、どこでも法華経を説くところへ、多宝如来の塔が出現する。

したがって石の宝塔も、塔身の軸部に、正面か四方か、扉型が刻まれている。利休の石塔はこの扉型のところを彫り抜いた、六尺余りの塔が一石から刻み出され、形も珍らしいということだ。

三斎の燈籠も、参勤交代の道中にまで持ち歩いたという話がある。とにかく、利休の墓も三斎の墓も、死んだ後に石屋がつくったものではない。利休や三斎よりも古い時代に出来たもので、二人が生前に美術品として見ていたものである。その人の生きて見ていた美が、そのままの姿で墓となった。墓のつくり方として、確かにおもしろい一つである。墓の主の美の心が、墓石の形を取っている。

利休は好みの宝塔の設計を思い描くことは出来ただろう。しかし、その設計を石屋に与えてつくらせたところで、利休が墓石としたほどの美しい作品は出来なかっただろう。時代の力はどうにもなるまい。また石にもつく、時代のさびというものもある。石燈籠は桃山時代にはいって、茶の湯好みの変り型がいろいろ出来たにしても、やはり鎌倉時代から後は衰えるばかりで、格調も崩れた。利休らは自分たちの時代の力及ばぬ、古い時代から遺された石造美術品のなかに、自分の好きなものを選び出して、自分の墓としたのであった。贅沢と傲慢との極みかもしれないが、また清雅で謙譲と見れなくもない。その墓に詣でる後の世の私たちまでも、古い宝塔や燈籠のために、どれほど感じを深められることだろう。宝塔や燈籠に執着して、墓場まで持って行ったとしても、墓石まで生涯の美を貫徹させたとも考えられる。

そうして私が鎌倉の石造美術を見て歩こうとする時、先ず思い浮んだのも、利休や三斎の墓であった。

私が石造美術の写真集などをながめていると、家の者が横からのぞきこんで、その多くが墓なのを知って、

「どんなのにしてあげましょう？」

「僕は自分で、古い好きなものを買っておくよ。」と、私は答えた。墓にするのにいい石塔などは、今も古美術として売買されている。私の墓も立てられねばならないものなら、利休や三斎にならって、生きているうちに、自分の好きなものを選んでおこうかと、私は酔狂に空想してみるのであった。多宝塔、宝篋印塔、五輪塔、無縫塔、あるいは石仏でも石燈籠でもよいが、古く美しい石が墓になると思うだけでも、自分の墓が立つこ

とを考えるいやさは、いくらか薄らぐ。墓に参ってくれる人が美を感じる。その美は私が見たものだけれども、私や私の時代がつくった美ではない。今はもうつくり得ない美である。日本の古代が遺した美で、後代まで滅びない石である。その石の長い生命の流れのなかに、私の生命は短い。

古い石造美術をそのままつかうので、私の名や年は刻まない。私の墓と知る人だけが知っている。知らない人も寂び美しいと見て通ってゆく。私の墓と知る人が一人もいなくなった世にも、私の墓石はやはり美しく立って、日本の一点の美を伝えていることだろう。

生きていて死んでからの墓など、考えてみるにも及ばないのだが、友人や知人の墓の新しく立つことが重なると、ふと頭をかすめる時がある。墓はいらないと言っていた人の墓も出来た。私も墓など重荷のようなので、利休や三斎にならったらと空想するのだろう。死んでからつくられるのでは、美しいものの立つはずがない。末世のかなしさである。

知り合いの古美術商に、鎌倉時代の十三重塔があるということで、いっそ思い切って、十三重塔の爽かに高くそびえて見えるのもよかろうかと、私は芝生の荒れるにまかせた

庭をながめながら、

「鎌倉の十三重塔が一つ、庭の真中に立ってれば、なにもいりませんね。」

死んだら墓にするとは言わなかった。

若い古美術商は、トラック一台で運べるだろうと言ったが、

「しかし、積み重ねるのがたいへんです。高さが二十尺もありますから、高い足場を組み立てて、石を持ち上げなければなりません。」

十三重塔も墓につかえるにしても、二十尺では、遠くから目立って、私の墓には高過ぎる。あまりに人を驚かすだろう。

建長寺の開山蘭渓道隆の無縫塔や、無学祖元の無縫塔は、墓として美しい。天地万物を含む無形無象の塔という、卵形の塔身なのも、味わいが深い。私は茶席などで、蘭渓や無学の墨蹟を見ると、無縫塔の墓の姿が心に浮ぶこともある。覚園寺にも歴世の無縫塔が、卵形の頭をならべている。墓の形として、私は無縫塔が好きだけれども、無縫塔は必ず墓であるようだ。先人の墓に一度つかわれたものを、また私の墓にするのは避けたいように思う。しかし、今の世で新しくつくると、やはり醜い形しか出来ないだろう。無縫塔もまた鎌倉時代が、その美しさの頂点なのであった。

してみると、散歩がてらに石造美術を見て歩く私は、鎌倉に住んで恵まれているというわけだ。日本の昔には、石造建築がなく、大きい石造美術もない。それが日本文化の薄弱のしるしとも言われる。私が鎌倉の古寺に見た、無縫塔、宝篋印塔、五輪塔、地蔵石仏なども、まことにさびてわびしいと思えば、そうにちがいない。山陰にひそんだような古石で、目をそばだたせる美しさはないだろう。しかし、私の目に古い石がしみると、その石にこもる強い美しさもかよって来て、日本の昔になんとも言えない親しみを感じさせられた。

そして、無縫塔を見ての帰り、もみじの落葉を踏みながら、私は故郷の村の岩に菊を、ふと思い出したのだった。

その岩を墓のない女の墓とすると、その菊も供養であろうか。名もないあわれな女の話である。山家のことで、話の筋もありふれている。岩かげで女は男を待って、凍えて死んだ。それだけの話である。

私の村は川ぞいの谷間で、岸にも流れにも岩が多い。その岩はなかでも大きく、陰に立っていると、人が通っても見つからない。岩の裾は小さい淵になっていた。岩の影は淵いっぱいにひろがって、うつり切らないほどだった。待ちあぐねた女は、ときどきその岩にのぼると、岩の上に顔を出して、男の来るはずの道を見たのだろう。女の顔が岩の上に出るという幽霊は、その時の姿なのだろう。女は岩のくぼみにあがって立った。そこに菊が植えられたわけだ。

私は鎌倉の古寺の山門を出て、杉木立の下を通りながら、故郷の岩の上に首を浮べた女の幽霊と話をする。

「長い髪が濡れていますね。髪にも涙が流れたんですか。髪からも涙が出たのですか。」

「昨日のみぞれで濡れたのでしょう。私はあの人を待っていてしあわせですから、泣くはずはありません。」

「今夜も雪が降りそうですよ。凍えないように、早くお帰りなさい。あの人は今日も来ないのでしょう。」

「ここで待っているように言われましたから、待ってさえいれば、あの人はきっと来ます。うちへ帰りましても、心はこの岩陰であの人を待っています。心と体が離れていて、心だけが凍えるよりも、ここにいる方が暖かいのです。」

「いつもこうして待っているのですか。」

「ここで毎日待っているように言われましたから、いつも来て待っています。」

「あの人は幾日待っても来ないじゃありませんか。あなたの手足はもう冷え切っているでしょう。この岩に菊の花でも植えて、あなたの代りに菊の花に待たせておいたらいかがです。」

「生きているあいだは、私が待っています。もし私がここで死にましたら、菊の花が咲いて、私の代りに待っていてくれるでしょう。」

「菊の花が待つようになっても、まだあの人は来てくれないかもしれませんよ。」

「あの人は来たいのですけれど、なにかで来られないのでしょう。あの人が待っていなさいと言った場所にいますと、あの人が来ているように思われます。菊の花は待っている人が来ても来なくても、色を変えないで咲いているのと、私も同じです。」

「あなたの顔色はもう変っていますよ。凍え死んでゆきそうに見えますよ。」

「今年の秋の菊は枯れても、来年の秋の菊はまた咲きます。菊が私の代りになってくれたら、私はしあわせです。」

女の首の幽霊は消えて、私の幻に、菊の花が浮んでいた。その岩に雪が降って来た。岩も菊と同じ白い色に染まって、花は見わけにくくなった。そして雪も岩も菊も夕ぐれの灰色につつまれていった。

山中の自然の岩が、そのまま女の墓になっていることを思うと、これこそ無縫塔ではないかと、私はひとりでつぶやいていた。その大きい岩にも、岩かげの小さい淵にも、女の名はつけられていない。

昔、唐の南陽の忠国師が、死後に望むものはと、代宗に問われて、「老僧の与めに箇の無縫塔を作れ。」と答えたという。「碧巌録」のこの「国師塔様」から、無縫塔は生れた。

無縫塔とは縫い目のない塔、目でこれととらえられぬ塔、無形無象の塔のうちには、天地の一切万物がふくまれる。それで塔身は卵形となった。無縫の象徴であろう。

寺の墓地に見る歴世塔は、坊主が円い頭をならべたようである。

しかし、無縫塔も人間のつくったものにちがいない。石を卵形に円くこしらえたのだ。自然のままの岩の方が、あるいは無縫の墓であるかもしれない。故郷のあの岩などではそうであろう。あれは墓のない女の墓であろうか。女が岩の墓を望んだわけでもないし、女のために人が岩の墓をつくったわけでもない。自然の岩が自然と女の墓になったのだ。またしかし、無縫の墓などというものがあるだろうか。無縫の生命はあっても、無縫の墓はないだろう。してみると、あの岩も無縫の生命の象徴だろうか。岩に咲いた白い菊もそうであろうか。

この世界に花が咲き、岩がそびえているならば、私の墓などつくるに及ばない。この天地自然のすべても、故郷の女の昔話も、みな私の墓のようなものであろう。人の墓を石造美術として見て歩くのも、私が生きているからで、それにつれて自分の墓のことを頭に浮べたりするのは愚かなことだと思いながら、私は夕日のさす鎌倉の町なかへ出た。

昭和二十七年一月

暁に祈る

劉生の「麗子像」は大正四年の「麗子赤子の像」（私は未見）にはじまり、昭和四年の「麗子十六歳の像」が終りらしい。「赤子」の時麗子さんは満で一歳、「十六歳」（満では十四歳九カ月）の時、劉生は三十八歳、その年に死んだ。ところで、十歳から上の「麗子像」はほんとに少く、「麗子住吉詣」が、あれで七歳、「童女舞姿」が十歳、そして七歳までの「麗子像」が世に愛賞され、絵としても生彩がある。初期浮世絵風の試み「童女舞姿」、また、幽かに仏画風が出た「麗子十二歳の像」（麗子さんはこれを好きな一つとし、絵像は「私であるよりもむしろ父自身である」と言うけれども）などは「内なる美」の命の流れが渋り、とざされたかのように見える。モデルの麗子さんのせいではなく、父の愛の滅りでもなく、画家劉生が弱まったのであろう。

青木繁のあまりに早い衰退とはくらべられまいが、劉生も三十一、二歳からの、悩悶、探求、停緩のうちに命がつきたか。「挽歌的な悲しみ」「おそろしい墜落」であったか。

三十歳ごろから多く描いた日本画のほとんども（私が見た限りでは）、余技の域を出ていないだろう。もちろんしかし「麗子像」は不滅である。またしかし、麗子さんは「麗子像」で不滅の少女とされたために、後年、自分の素質を育てるのに、つらいこともあったろうかと、私には思われる。麗子さんは父劉生よりも十年長く生きたが……。

青木繁が明治三十七年作の「女の顔」や「海の幸」の漁夫たちのなかに一人の美少年の顔で、愛人を不滅の少女のようにしたのは、二十二歳であった。青木の天才は十九歳から現われ、愛人を得た二十二、三歳に燃えさかり、二十六歳にはもう衰退萎靡《いび》、そして二十九歳で死んだ。二十五歳の作「暁の祈り」――明けやらぬ野のおぼろに、一人の裸女が手を合わせ膝は地について立ち、髪を背に長々と垂れて祈る姿には、近づくほろびがただよう。青木の哀愁、悲願、そのもののようだ。

一九一九年（大正八年）劉生が二十八歳の時、三十五歳で病みつかれたモディリアニは、雪の夜の路上に倒れて、病院につれもどされて、死んだ。その悲報に、愛人のエビュテルヌは五階の窓から身を投げて自殺した。けれども、三年前にこの娘を得たモディリアニは、愛人の肖像や裸体の名作を多く遺して、エビュテルヌを世界に不滅の女とした。

美術家によって不滅とされた少女は、古今、数知れない。しかし、悲劇の天才とめぐりあえたために、不滅の少女にはなれたが、悲運に落ちた少女もあまたいた。語り草にも伝えられている。天才に出会って不滅の少女となることが（少女に限らず、男も女もだが）幸不幸は別として、その人間がこの世にうまれ出て死に去る、人生にとって、果たしてどういう意味のことなのかと、私は時には考えてみる。しかし、一人の少女でも不滅に書けた作家の天恵については、もっと考えさせられる。生涯に不滅の少女が一人書ければ、それだけで終ってもいいではないか。これはもちろん、男の作家と限らぬ。

たとえば、アンネ・フランクはナチスの強制収容所で、栄養失調で、十五歳で死んだが、「アンネの日記」一冊を遺した。フランソア・サガンの十代の処女作「悲しみよ、今日は」は新鮮であったが、その後幾つかの小説は、これという進みも変わりもなくて、もとより「アンネの日記」には及ばない。ナボコフの「ロリイタ」はどうであろうか。たとえばアンドレ・ジイドは後にずいぶんむずかしい考え方と作り方とで、えらいくふうをこらして、小説をひねくりまわしたけれども、先ず、そして長年愛読されるのは、若い時の「狭き門」のアリサではあるまいか。大長編名作の「レ・ミゼラブル」や「ウィルヘルム・マイスタア」から、大河の岸の小花に過ぎぬような、コゼットや「君よ知るや南の国」のミニヨンにひかれたりするのは、あまりに幼い読み方だけれど、これも頭からばかにはしきれない。

――マリリン・モンロオはみごとな尻を振って歩いて映画に出現したころ、ブリジッド・バルドオは初心の魅惑のころ、エリザベス・テイラアは「緑園の天使」のおませな美少女のころが、彼女たちは楽しかったのではなかろうか。モンロオの葬いがごく内輪に行なわれたのはいい。二度目の夫「ディマジオは涙を流しながら遺体に口づけし、〝愛しているよ〟と何度もつぶやき、最後まで棺のそばを離れようとしなかった」（ＡＦＰ、ＵＰＩ、毎日新聞）

昭和三十七年八月

行きどまり

――「自慢十話」について――

「自慢十話」は、おりもおり「盛夏十話」――暑威に抵抗しながらでは、気が立っていないと書く気を失うから、つい激しい言葉も出たが、しょせん「口自慢の仕事下手」に終ったか。「自慢は芸の行きどまり」とも「自慢は知恵の行きどまり」とも昔からいうのを、私は多少ちがった意味ながら「随筆、雑文などは小説家の行きどまり」といいかえて、日ごろの自戒としている。

随筆、雑文などは、小説を書くさまたげで、避けたいばかりではなく、私はまだ色気も俗臭も強くて、そんなものはいずれにしろ「自慢話」に落ちると思うからである。ここに「自慢十話」と題したのも、あえて居直ったのであった。その後味はいやだ。そういうのも、やはり自己弁護、自己宣伝である。自己反省、自己嫌悪、自己否定も、その一皮下を、自己愛護、自己遁避、自己偽飾で固めぬことなど、いかにむずかしいか。

「だれも自ら欺くな。汝らのうちこの世にて自ら智《かしこ》しと思う者は、智くならんために愚かなる者となれ。」(コリント前書)「学者らに心せよ、彼らは……外見《みえ》をつくりて長き祈りをなす。その受くる審判《さばき》はさらに厳しからん。」(マルコ伝)。

「お前が生まれた時に、お前は泣いた。だから、生きることはお前になんの喜びでもなかった。そんなら、なぜお前は死ぬことを悲しむのか」というオウエンの駄洒落《だじゃれ》なんて、お前が生まれた時に泣いたのはお前の一生の「自慢」の産声だった、と直した方がよさそうである。「眠りは死の像《すがた》であるように、そのように寝床は墓の像である」というキケロの方が、いやな飾り言葉だけに、まだましであろう。私はこの十日あまり、明日はなんの「自慢話」を書こうかと、寝床で考えつづけていた。七ケ月の月足らずで生まれ、とうてい育つ見込みはなさそうだった私の、よくもいままで生きてきた、これだけはまず大きい自慢であろうか。

随筆、感想、批評、評論、語録、手記、講演、そして自伝、「私小説」、日記、告白、懺悔録、さては遺言、自殺者の遺書、狂人の妄言にいたるまで、ほとんどすべてに、人それぞれに応じた、自己弁護、自己の誇示、宣伝、あるいは偽飾があると、私は古くから思っている。しかし、それが悪いどころか、それがあるために私は読んで愛好し、魅惑され、讃溺し、高仰する。聖人の説教にも自己の押し出しは激しく、高僧の遺偈《いげ》にも自己の現わしは強い。——ただのひばりのさえずりさえ、その小鳥の分相応のさえずりしかできぬのは、鳴かないでいて歌を忘れるよりもなさけないことのようでもある。

こんな「自辱的自慢」を書いているうちに、柳田国男氏は八月八日、八十七歳の老衰で逝去され、翌九日、八十五歳のヘルマン・ヘッセが脳出血で死去した。フォクナアにつづいて、世界の大作家がまた一人消えた。消えたのは肉体の生命であって、作品の生命ではなくとも……。私がミュンヘンのカアル・ハンザ出版社を訪ねた時にハンザ氏は、トオマス・マンが死に（一九五五年、八十歳で）ハンス・カロッサが死に（五六年、七十八歳で）ヘッセはスイスへ去って、ドイツにも大作家がいなくなったと、嘆いていった。

ハンザ社は前から日本文学も出していて、一昨日も「日本古今短編小説」の企てについての手紙がきた。私が社へ行ったおり、宗達の「伊勢物語」の絵の見本刷りが一枚できていて、原画の色とどうかと聞かれた。本の箱に使う「宗達伊勢物語図帖」という題字を、安田靫彦氏の書と向こうは知らないから、私は安田先生について簡単に話した。「伊勢」本文の訳はオスカア・ベルン氏である。美しい造本の「東方抒情詩」を、その席でもらった。この詩集の東方とはエジプトから日本まで、日本の歌俳句は雄略天皇から鉄幹、佐佐木信綱、子規まで——日本にこの本が行っているかと問うと、天皇に一冊さしあげただけとの答えだった。それでは日本人はこの本は知らないと、私はいったものだ。

「毎日新聞」昭和三十七年八月

3

末期の眼

竹久夢二氏は榛名《はるな》湖畔に別荘を建てるため、その夏やはり伊香保温泉に来ていた。ついつ先達ても、古賀春江氏の初七日の夜、今日の婦女子に人気ある挿絵画家の品定めから、いつしか思い出話となり、夢二氏をなつかしむ言葉は熱を帯びたが、その席の画家の一人栗原信氏も言ったように、明治から大正のはじめへかけての風俗画家——でなければ情調画家としては、とにかくえらいものなのであろう。少女ばかりでなく、少青年から更に年輩の男の心をも染め、一世を風靡した点、この頃の挿絵画家は、遠く及ばぬであろう。夢二氏の描く絵も夢二氏と共に年移って来ていたにはちがいないが、少年の日の夢としか夢二氏を結びつけていない私は、老いた夢二氏を想像しにくかっただけに、伊香保で初めて会う夢二氏は、思いがけない姿であった。

もともと夢二氏は頽敗の画家であるとはいえ、その頽敗が心身の老いを早めた姿は、見る眼をいたましめる。頽敗は神に通じる逆道のようであるけれども、実はむしろ早道である。もし私が頽敗早老の大芸術家を、目のあたり見たとすれば、もっとひたむきにつらかったであろう。こんなのは小説家に少く、日本の作家には殆どあるまい。夢二氏の場合はずっと甘く、夢二氏の歩いて来た絵の道が本筋でなかったことを、今夢二氏は身をもって語っているといった風の、まわりくどい印象であった。芸術家としては取返しのつかぬ不幸であろうが、人間としては或いは幸福であったろう。これは勿論嘘である。こんな曖昧な言葉のゆるさるべきではないが、この辺で妥協しておくところにも、今の私はもの忘れよと吹く南風を感じるのである。人間は生よりも反って死について知っているような気がするから、生きていられるのである。「女によって人間性と和解」しようとしたから、ストリンドベルヒの恋愛悲劇は起ったのである。あらゆる夫婦達に離婚をすすめることがよくないならば、自分自身にさえまことの芸術家たれと望めないのも、反って良心的ではあるまいか。

私達の周囲でも、広津柳浪、国木田独歩、徳田秋声氏などの子は、やはり小説家とはいえ、わが子を作家としたい作家があろうとは思えぬ。芸術家は一代にして生れるものでないと、私は考えている。父祖の血が幾代かを経て、一輪咲いた花である。例外も少しあろうが、現代日本作家だけを調べても、その多くは旧家の出である。婦人雑誌の流行読物、人気女優の身上話や出世物語を読むと、だれもかれも、父か祖父の代に傾いた名家の娘というがおきまりで、根からの卑賤に身を起した娘など一人もおらず、よくもこう似たのが揃ったとあきれるが、映画会社のおもちゃの人形みたいな女優も芸だとすれば、あながち虚栄と宣伝のためのつくり話ばかりではないのだろう。旧家の代々の芸術的教養が伝わって、作家を生むとも考えられるが、また一方、旧家などの血はたいてい病み弱まっているものだから、残燭の焔のように、滅びようとする血がいまわの果てに燃え上ったのが、作家とも見られる。既に悲劇である。作家の後裔が逞しく繁茂するとは思えぬ。実例はきっと、諸君の想像以上に雄弁であろう。

　されば、正岡子規のように死の病苦に喘ぎながら尚激しく芸術に戦うのは、すぐれた芸術家にありがちのことではあるが、私は学ぼうとはさらさら思わぬ。私が死病の床につけば、文学などさらりと忘れていたい。忘れられぬならば、いまだ到らずとして、妄念を払うように祈りたい。今の世によるべなく、索漠としたその日暮しをする一人として、私も折にふれ死を嗅ぐくらい不思議はないが、省みると、作品らしい作品を書いておらず、いつか書きたいものが頭に競い立って来て死んでも死にきれそうもないものの、しかし心機一転すれば、それがすなわち迷いである、取るに足るものをなにも遺していぬ方が、反って安楽往生のさまたげにならぬだろうとも思うのである。私が自殺をいという原因の一つは、死を考えて死ぬという点にある。と書いたところで、嘘にちがいない。私は死と顔つき合せてみたことなど、決してありはしない。いざとなれば、息の引き取るまで、原稿を書くかのように虚空に手を顫わせているやもしれぬ。けれども芥川龍之介氏の死んだ時、芥川氏ともあろうほどの人が、そして「僕はこの二年ばかりの間は死ぬことばかり考えつづけ」ながら、なぜ「或旧友へ送る手記」のような遺書を書いたかと、やや心外であった。あの遺書は芥川氏の死の汚点だとさえ思った。

ところで、今この文を綴りながら、「或旧友へ送る手記」を読みはじめると、いきなり、なんのことはない、芥川氏は自分が凡人であることを語ろうとしているのだという気がした。果して芥川氏自らも付記している。

「僕はエンペドクレスの伝を読み、みずから神としたい欲望の如何に古いものかを感じた。僕の手記は意識している限り、自ら神としないのである。いや、みずから大凡下の一人としているものである。君はあの菩提樹《ぼだいじゅ》の下に『エトナのエムペドクレス』を論じ合った二十年前を覚えているであろう。僕はあの時代にはみずから神にしたい一人だった。」

しかし、その前の本文の終りは、

「所謂生活力というものは実は動物力の異名に過ぎない。僕もまた人間獣の一匹である。しかし食色にも倦いたところを見ると、次第に動物力を失って居るであろう。僕の今住んでいるのは氷の様に透み渡った、病的な神経の世界である。僕はゆうべ或売笑婦と一しょに彼女の賃金（！）の話をし、しみじみ『生きるために生きて居る』我々人間の哀れさを感じた。若しみずから甘んじて永久の眠りにはいることが出来れば、我々自身の為に幸福でないまでも平和であるに違いない。併し僕がいつ敢然と自殺出来るかは疑問である。唯自然はこういう僕にはいつもより一層美しい。君は自然の美しいのを愛しかも自殺しようとする僕の矛盾を笑うであろう。けれども自然の美しいのは、僕の末期《まつご》の眼に映るからである。」

修行僧の「氷のように澄み渡った」世界には、線香の燃える音が家の焼けるように聞え、この灰の落ちる音が落雷のように聞えたところで、それはまことであろう。あらゆる芸術の極意は、その「末期の眼」であろう。私は芥川氏を作家としても、文章家としても、さほど尊敬することは出来なかった。それには無論、自分が遥かに年少という安心もあったであろう。この安心のままいつしか芥川氏の死の年に近づき、愕然として故人を見直せば、わが口を縫わねばなるまいが、そこはよくしたもので、自分を恥じる一方、さては自分はまだまだ死なぬのであろうというような、別種の安心に甘えるのである。けれども芥川氏の随筆感想を見るも、決して博覧強記の詐術的魔剣にとどまるものではない。また、死の近くの「歯車」は、発表当時に私が心から頭を下げた作品であったが、「病的な神経の世界」といえばそれまで、芥川氏の「末期の眼」が最もよく感じられて、狂気に踏み入れた恐しさであった。従って、その「末期の眼」を芥川氏に与えたところのものは、二年ばかり考えつづけた自殺の決意か、自殺の決意に到らしめた芥川氏の心身にひそんでいたものか、その微妙な交錯は精神病理学を超えていようが、芥川氏が命を賭して「西方の人」や「歯車」を購ったとは言えるであろう。横光利一氏が彼自身にも、また日本文学にも、画期的な傑作「機械」を発表した時に、「この作品は私に幸福を感じさすと同時に、また一種の深い不幸を感じさせる」と私が書いたのは、友人の仕事を羨望したり、祝福したりするよりも前に、なにかしら不安を覚え、ぼんやりした憂えにとざされたからであった。私の不安は大分去ったけれども、そのかわり彼の苦しみは更に加わったのだ。

「吾々の最もすぐれた小説家たちは常に実験家《エクスペリメンタア》であった。」「散文に於てであれ、韻文に於てであれ、凡ての規範はその起源を天才の作品に発しているということを諸君に記憶して貰いたい。そして若し吾々が凡て最良の形式は既に発見されてしまい、偉大なる作家たち――彼等の多くはその初めは偶像破壊者、聖なる像の破壊者であった――の研究から吾々が引出し得る、文学法則のこれ以上の破壊は、それが伝統外にあるの故を以て、非難されるべきであると、仮定しなければならないとすれば、そうなると吾々は吾々の文学が成長を止めてしまった、そして成長を止めたものは死物だ、ということも亦甘んじて認めなければならない。」（J・D・ベレスフォド「小説の実験」秋沢三郎氏、森本忠氏訳）「実験」の出発は、よしんばそれが少しばかり病的なものであろうとも、楽しく若やいだものであるが、「末期の眼」は、やはり「実験」であろうが、死の予感と相通ずることが多い。

「我事に於て後悔せず」と、刻々念々自らつとめているわけではないけれども、ただあきれるほどもの忘れがひどいためにか、道徳的自省心の欠如のためか、私は後悔という悪魔には一向つかまらぬ。しかしすべてのものごとは、後から計算すると、起るべくして起り、なるようになって来たのであって、そこになんの不思議もないと思われがちである。神のありがたさかもしれぬ。人間の哀れさかもしれぬ。とにかく、この思いは案外天の理にかなっているようである。いかなる凡下といえども、夏目漱石の座右銘「則天去私」に到る瞬間が往々あるらしい。例えば死であるが、死にそうもない人でもさて死なれてみると、やはり死ぬのだったかなと思いあたる節があるものである。すぐれた芸術家はその作品に死を予告していることが、あまりにしばしばである。創作が今日の肉体や精神の科学で割り切れぬ所以の恐しさは、こんなところにもある。

私も早すぐれた芸術の友二人と、幽明境を異にした。梶井基次郎氏と古賀春江氏とである。女との間には、生別というものがあっても、芸術の友にあるのは死別ばかりで、生別というものはない。多くの旧友と来往や消息がとだえようと、喧嘩別れしようと、私は友人としての彼等を失ったと思ったことはない。忘れっぽい私は、梶井氏や古賀氏の追想文を書こうとしても、故人身辺の人々か、私の女房かに、いちいち聞かねば、具体的な印象は刻めぬ。けれど、死人の友人共の思い出の記は、信じられやすいものの、実は信じがたいものが多い。私は小穴隆一氏が芥川龍之介氏の死を明そうとした「二つの絵」の文面の激しさを、むしろあやしむ。「わたしは二三の友だちにはたとい真実を言わないにもせよ、嘘をついたことは一度もなかった。彼等も亦嘘をつかなかったから。」（侏儒の言葉）と、芥川氏も書いているし、「二つの絵」が嘘だと思うのではないが、モデル小説は作者が真実であろうとつとめればつとめるだけ、反ってモデルから遠ざかると言っても詭弁であるまい。アントン・チェホフの手法も、ゼイムス・ジョイスの手法も、モデルそのものでない点に変りはない。

「あらゆる文学的部類《ジャンル》は、詞の何か或る特殊な使用から生れるが、小説は一つ或は幾つかの架空的『生命』を我々に伝える為に、言葉の直接的な、意味を濫用し得る。そして、それ等の架空的生命の役割を設定し、時と処とを定め、出来事を述べ、とにかく十分な因果性でそれらを連結するのである。

詩が、直接に我々の機能を活動させ、聴覚、音声の形、及び律動ある表現の間に、正確な、脈絡ある連繋を実施すること、即ち歌を、その極限とするに反し、――小説は、あの一般的な不規則な期待、即ち現実の出来事に対する我々の期待を、我々の裡に喚り立て、持続しようとする。つまり作家の技術は、現実の出来事の奇妙な演繹、或はそれ等の普通の順序に似ているのである。又詩の世界が、言葉の装飾と機会との純粋な体系であるから、本質的にそれ自体の裡に鎖され、完全であるに反し、小説の宇宙は、幻想的なものでさえも、宛も実物の絵が見せかける画か見物人の往来している付近の触れ得る事物に接続するように、現実の世界に連接するのである。

小説家の計算と野心との対象である『生命』と『真実』との外観は、小説家が自分の計画に取り入れる観察——即ち認知し得る諸要素の、不断の導入に懸っているのである。真実な而も任意な細部の緯は、読者の現実的生存を、作中の諸人物の佯りの生存を接続する。そこから、それらの模擬物が、屢々不思議な生命力を帯び、その生命力によって、それ等の模擬物が我々の頭の中で正真の人物と比較され得るようになるのだ。我々は、知らぬ間に、我々の裡にあらゆる人間を、それらの模擬物に付与する。何となれば、我々の生きる能力は、生きさせる能力をも含んでいるからである。我々がそれ等模擬物に多く付与すればする程、作品の価値も大である。」（ポオル・ヴアレリ「プルウスト」より。中島健蔵氏、佐藤正彰氏訳）

梶井基次郎氏が死んでから既に三年、明後日は古賀春江氏の四七日《よなぬか》であるが、私は二人についてまだ書けない。それゆえに悪い友だとは、夢思わぬ。芥川氏も「或旧友へ送る手紙」に、「僕は或は病死のように自殺しないとも限らないのである。」と書いているが、死についてつくづく考えめぐらせば、結局病死が最もよいというところに落ちつくであろうと想像される。いかに現世を厭離するとも、自殺はさとりの姿ではない。いかに徳行高くとも、自殺者は大聖の域に遠い。梶井氏も古賀氏も隠遁的な世渡り方ながら、実は激しい野心に燃えていたろうし、無類の好人物と見ながら、二人とも、なかんずく梶井氏は、或いは悪魔にもつかれていたろうけれども、いちじるしく東洋、または日本じみていた彼等は、その死後に私の追憶記など期待していなかったであろう。古賀氏も自殺を思うこと、年久しいものがあったらしい。死にまさる芸術はないとか、死ぬることは生きることだとかは、口癖のようだったそうだが、これは西洋風な死の讃美ではなくて、寺院に生れ、宗教学校出身の彼に、深くしみこんでいる仏教思想の現れだと、私は解くのである。古賀氏も結局病死をよい死方と考えたらしい。全く嬰児に復り、二十日の余も高熱が続いて、眠りのように意識定かならぬ後、息絶えたのは、けだし本懐かもしれぬのである。

古賀氏が私に多少の好意を寄せていてくれたらしいのは、なんのゆえか、私は明らかにせぬ。私は常に文学の新しい傾向、新しい形式を追い、または求める者と見られている。新奇を愛好し、新人に関心すると思われている。ために「奇術師」と呼ばれる光栄すら持つ。もしそうならば、この点は古賀氏の画家生活に似通ってもいよう。古賀氏は絶えず前衛的な制作を志し、進歩的な役割をつとめようとする思いに馳けられ、その作風の変幻常ならずと見えたため、私同様彼を「奇術師」扱いにしかねない人もあろう。

ところで私達は果してよく奇術師であり得たろうか。相手は軽蔑を浴せたつもりであろうが、私は「奇術師」と名づけられたことに、北叟笑んだものである。盲千人の一人である相手に、私の胸の嘆きが映らなかったゆえである。彼が本気でそんなことを思ったのなら、私にたわいなく化かされた阿呆である。とはいえ、私は人を化かそうがために、「奇術」を弄んでいるわけではない。胸の嘆きとか弱く戦っている現れに過ぎぬ。人がなんと名づけようと知ったことでない。えらいけだものの毛唐、パブロ・ピカソなんていうものはいざ知らず、私と同じように心身共に弱かった古賀氏は、私とちがって大作力作をなしつつも、やはり私に似た嘆きが、胸をかすめることはなかったであろうか。

私がシュウル・リアリズムの絵画を解するはずはないが、古賀氏のそのイズムの絵に古さがありとすれば、それは東方の古風な詩情の病いのせいであろうかと思われる。理知の鏡の表を、遙かなるあこがれの霞が流れる。理知の構成とか、理知の論理や哲学なんてものは、画面から素人はなかなか読みにくいが、古賀氏の絵に向うと、私は先ずなにかしら遠いあこがれと、ほのぼのとむなしい拡がりを感じるのである。虚無を超えた肯定である。従って、これはおさなごころに通う。童話じみた絵が多い。単なる童話ではない。おさなごころの驚きの鮮麗な夢である。甚だ仏法的である。今年の二科会出品作「深海の情景」なども、妖麗な無気味さが人をとらえるが、幽玄で華麗な仏法の「深海」をさぐろうとしたとも見える。同時に出品の「サアカス景」の虎は、猫のように見えるけれども、そして画材となったハアゲンペックのサアカスでは、実際あんな風におとなしく見えたそうであるけれども、そんな虎が反って心をとらえたのには、虎の群の数学的構成にもよろうが、作者自らあの絵について、なんとなくしいんと静かでぼんやりした気分を描こうとしたと、語っているではないか。古賀氏は西欧近代の文化の精神をも、大いに制作に取り入れようとはしたものの、仏法のおさな歌はいつも心の底を流れていたのである。朗らかに美しい童話じみた水彩画にも、温かに寂しさのある所以であろう。その古いおさな歌は、私の心にも通う。けだし二人は新しげな顔の裏の古い歌で、親しんだのであったかもしれぬ。だから私には、ポオル・クレエの影響がある年月の絵が最も早分りする。古賀氏の絵を長い間近しく見て来た高田力蔵氏が、遺作水彩画展覧会場で話したところによると、古賀氏は西欧風の色彩から出発し、オリエンタルな色彩に移り、それから再び西欧風の色彩に戻り、今また「サアカス景」などのように、オリエンタルな色彩に復ろうとしていたそうである。「サアカス景」は絶筆である。その後は島薗内科の病室で色紙を描いただけであろう。

入院してから、毎日のように色紙を、多い日は一日に十枚も、あの心身でどうして描けたかと、医者も不思議であったろうが、なぜ描いたかと、私も不思議なくらいである。佐々木俊郎氏の家に中村武羅夫氏と楢崎勤氏と私と、三人で悔みに行ってみると、遺骨の箱の上に彼の作品集が四五冊積み重ねてあった。私は思わず、ああと溜息をもらした。古賀春江氏は本来が水彩画家だったというので、水彩の絵具と絵筆とが棺に納められた。東郷青児氏がそれを見て、古賀はあの世に行ってまで絵を描かせられるのかい、可哀想に、と言った。古賀氏はまた文学者であった。わけても詩人であった。彼は毎月主な同人雑誌を買い揃えて読んでいた。同人雑誌を買うなど、文士には先ずない。古賀氏の遺詩はいつか世に愛される時が来るだろうと私は信じているが、彼自らは文学を楽しんでいた。だから、愛読書を死の旅の道づれとした事は、文句なかったろうが、絵筆は或いは苦しいかもしれぬ。しかし、あんなに絵を描くことが好きだったのだから、絵具がなければ手持ち無沙汰で寂しいだろうと、私は東郷氏に答えた。

東郷青児氏は古賀春江氏にも死の予感があったと、再三書いている。今秋の二科出品画の鬼気人に迫る無気味さからも、それが感じられるという。素人の私には、そのようなことはしかと分らぬが、出来上ったと聞いて見に行った時、百号三点の力作を前にして、古賀氏の病状をよく知っている私は、むしろあきれ返ったものであった。にわかに信じられぬくらいであった。例えば最後の「サアカス景」など、下塗りする体力がもう失われ、手に絵具を摑むかどうかして、体をぶっつけるかのように、画布と格闘するかのように、掌で狂暴に塗りなぐって、麒麟《きりん》の脚を一本書き落しても、気がつかずに平然たるものだったそうである。そうして出来上った絵が、どうしてあんなにしいんと静かなのか。また「深海の情景」のように細密な筆をつかいながら、手が顫えて、ロオマ字は整った書体が書けず、署名は高田力蔵氏が入れた。絵のために手は細かく働くが、字のためには粗くも動かぬなど、超自然ななにものかである。絵と同じ頃書いた文章は、支離滅裂、言葉の脱落顚倒甚だしかったそうである。制作を終えると、この世での別れを告げるかのように、たえて久しい古里を見舞い、帰って入院した。古里からの手紙もわけが分らぬそうである。病院でも色紙のかたわら詩を書きつづけていた。その詩を発表したらと、私は夫人に浄書をすすめたが、夫の字に慣れた夫人もさすが判読に苦しみ、謎を解こうと見つめていれば、いたましさの思いに頭痛がして来るそうである。しかし一方、色紙の絵はちゃんとしている。筆が次第にみだれて来ても、ちゃんとしている。いよいよ衰えて、文字通りの絶筆である色紙は、ただ幾つかの色を塗っただけで、ものの形はなく、意味も分らぬ。そこまで行ってなお、古賀氏は彩管をとりたかったのである。こんな風に、あらゆる心身の力のうちで、絵の才能が最も長く生き延び、最後に死んだのである。いや、亡骸《なきがら》のなかにも尚脈々として生存しているかもしれぬ。告別式の時に、絶筆の色紙を飾ろうかという話もあったが、それは故人の悲痛をさらしものにするに似るとの反対があって、止めになったけれども、絵具と絵筆は棺に納めても、或いは罪なことではなかったであろう。古賀氏にとっては、絵は解脱の道であったにちがいないが、また堕地獄《だじごく》の道であったかもしれない。天恵の芸術的才能とは、業《ごう》のようなものである。

神の喜劇を書いたダンテの生涯は悲劇であった。ワルト・ホイットマンはダンテの肖像を訪客に見せて、「この世の不潔を脱した人の顔だ。この顔になるには沢山得ただけ、それだけ、失ったのだ。」と語ったそうである。話はあまりあらぬ方へ飛ぶが、竹久夢二氏もまたあの個性のいちじるしい絵のために、「沢山得ただけ、それだけ失ったのだ。」連想の飛躍ついでに、もう一つ石井柏亭氏を持ち出そう。柏亭氏の生誕五十年祝賀会のテエブル・スピイチで、有島生馬氏は「石井氏は二十にして不惑、三十にして不惑、四十にして不惑、五十にして不惑、恐らくぎゃっと生れた瞬間から、不惑だったろう。」と、しゃれのめしたことがある。柏亭氏の画道が不惑ならば、夢二氏の何十年一日のような画道も不惑であったろうか。比較の突飛さに笑い出す人があろう。夢二氏の場合、その画風は夢二氏の宿業のようなものであった。若い頃の夢二氏の絵を「さすらいの乙女」とすると、今の夢二氏の絵は「宿なしの老人」かもしれぬ。これもまた、作家の覚悟すべき運命である。夢二氏の甘さは夢二氏を滅したとはいえ、また夢二氏を救っている。私が伊香保で見た夢二氏は、もう白髪が多く、肉もどこかゆるみ、頽敗の早老とも見えたが、また実に若々しかったのは眼の色のように思う。

その夢二氏は女学生達と打ちつれて、高原に草花など摘み、楽しげに遊んでいた。少女のために画帖を描いたりしていた。それがいかにも夢二氏らしい自然さであった。三つ子の魂百までの、この若い老人、この幸福で不幸な画家を見て、私は喜ばしいような、うら悲しいような――夢二氏の絵にいくばくの真価があるにせよ、そぞろ芸術のあわれさに打たれたものであった。夢二氏の絵が世に及ぼした力も非常なものであったが、また画家自らを食いさいなんだことも、なみなみならずであったろう。

伊香保で会う数年前、芥川龍之介氏の弟子のような渡辺庫輔氏に引っぱられて、夢二氏の家を訪れたことがある。夢二氏は不在であった。女の人が鏡の前に坐っていた。その姿が全く夢二氏の絵そのままなので、私は自分の眼を疑った。やがて立ち上って来て、玄関の障子につかまりながら見送った。その立居振舞、一挙手一投足が、夢二氏の絵から抜け出したとは、このことなので、私は不思議ともなんとも言葉を失ったほどだった。画家がその恋人が変れば、絵の女の顔なども変るのは、おきまりである。小説家だって同じだ。芸術家でなくとも、夫婦は顔が似て来るばかりでなく、考え方も一つになってしまう。少しも珍らしくないが、夢二氏の絵の女は特色がいちじるしいだけ、それがあざやかだったのである。あれは絵空事ではなかったのである。夢二氏が女の体に自分の絵を完全に描いたのである。芸術の勝利であろうが、またなにかへの敗北のようにも感じられる。伊香保でもこのことを思い出し、芸術家の個性というものの、そぞろ寂しさを、夢二氏の老いの姿に見たのであった。

その後もう一度、女の人工的な美しさの不思議に打たれたのは、文化学院の同窓会で、宮川曼魚氏の令嬢を見た時である。あの学校らしい近代風な令嬢のつどいのなかに、江戸風の人形を飾ったのかと驚いたが、東京の雛妓でもなく、京都の舞子でもなく、江戸の下町娘でもなく、浮世絵でもなく、歌舞伎の女形でもなく、浄瑠璃の人形でもなく、少しずつはそれらのいずれでもあるような、曼魚氏の江戸趣味の生きた創作であった。

今の世に二人とあるまい、こんな娘も丹精次第で創れるのかと、あきれる美しさであった。

——以上はこの文章のほんの前書のつもりが、長くなったものである。はじめは「原稿紙など」という題をつけておいた。夢二氏と会ったと同じ頃、同じ伊香保で、竜胆寺雄氏に初対面したことから、竜胆寺氏の原稿紙と原稿の書き振りを紹介し、幾人かの作家のそれに及びながら、小説作法についてなにかを感じようと企てたものであった。その前書が十倍の長さになってしまった。もし当初から「末期の眼」について語るつもりならば、自ら別種の材料と覚悟とを用意したであろうと思う。

さりながら、「小説作法」に筆を染めようとして、ふと机辺の「劇作」十月号を拾いあげ、セント・J・アアヴィンの「戯曲作法」を読み散らしていると、「数年前英国で、『文学に成功する方法』と言う題の本が出版された。その数ケ月後、その本の著者は作家として成功し得ず自殺してしまった。」と。（菅原卓氏訳）

「文芸」昭和八年十二月

純粋の声

盲音楽家宮城道雄氏が上野の音楽学校の教師になってから間もなくのことである。「或る日音楽学校で、私（宮城氏）の作曲したものを箏曲科の学生に歌わせたことがあった。何れも女学校を卒業した者か、又はそれ位の年頃の者であったが、その声の良し悪しは別として、それが非常に純粋な響きで私の胸を打つものがあった。歌が朗詠風《ろうえいふう》のものであったので、私は歌わせていながら、何だか自分が天国に行って、天女のコーラスを聴いているような、何んともいいがたい感じがした。私は或るレコードで、バッハのカンタータを聴いたことがあるが、そのカンタータのコーラスが、わざわざ少女を集めてコーリングしたもので、曲もそうであるが、普通のコーラスとは別の感じがして、私はその演奏に打たれたことがあった。私はその時、これらの少女たちの声を入れたものを作曲して見たいと思った。」

美しい実感の溢れた言葉である。宮城氏はこの文章を「純粋の声」と題しているが、その人が盲目であるからこそ、この時の喜びもまた一層純粋であったとは、私達にもよく分ることである。自らの歌を天国の天女の合唱のように聞き惚れながら、胸清まる幸いにわれを忘れたことであろう。まことに純潔のひとときである。

音楽家でない私達も、少女の「純粋の声」を聞いて、この世ならぬ思いに目をつぶりたい夢ごこちになることは、稀にないではない。私の小学校の一級下に声も美しい少女があった。彼女は声を張りあげて、実にはっきりと読本を読んだ。私は彼女の教室の窓の下を通りながら、彼女の声を聞いた。それが、今尚私の耳の底に生きている。また、宮城氏の「純粋の声」を読んで思い出すのは、いつかのラジオである。それは女学生の雄弁大会のようなもの、つまり東京の幾つかの女学校から一人ずつ選び出された少女達が、銘々短い演説を放送したのであった。いずれ少女のこととて、その言葉は幼く、その内容は浅く、朗読口調が多かった。無論歌ではない。けれども私はただ女学生の声の美しさに驚いた。甘美な若々しさに溢れて、私は目の前に彼女等の姿を見るよりも、少女の生命をひたと感じることが出来た。盲目のように声のみを聞いたからである。音楽でも演劇でもない、少女日常の「純粋の声」を度々放送してくれるならば、楽しいことであろうと私は思った。幼児は西洋人の声の方が甘い。帝国ホテルとか、夏の鎌倉のホテルとかにいて、西洋人の幼児の母呼ぶ声などを聞くと、こちらも母の乳房のような幼心に還る。

少女達や子供達の合唱の美しさは、シュウベルトの音楽映画「未完成交響楽」などでも、広く知られたことであろう。しかし特別の合唱ならばとにかく、一人立ちの声楽家としては、少女というものは、処女というものは、先ず立派ではありにくい。潤いも豊かさも足りない。これは、音楽に限らぬことである。あらゆる芸術に於て、処女は歌われるものであって、自ら歌えぬものである。演劇でもそうであるが、文学では特に、処女自らよりも、大人となった女性の方が、また女でない男性の方が反って処女の純粋を描き得るということは、悲しむべきようなものの、あらゆる芸術が人間完成の道に外ならぬを思えば、嘆くにあたらぬであろう。今の日本の世間のいろいろが、女流芸術家の成長を妨げていることこそ嘆くべきであろう。——と書きながら私は、太い首、厚い胸、それに拳闘家か金剛力士のような腕、野獣のように逞しい、フランスの年増女、ルネ・シュメエを思い出した。彼女が宮城氏と合奏するのを、私が聞いたからであろう。

その時の印象を私は或る小説のなかに、次のように書いている。

「第二部の幕があがると、冷い力学的なグランド・ピアノのかわりに、桐の木目《もくめ》の色もやさしい琴が置かれて、金屏風が舞台に立て廻してあった。宮城道雄作曲の『春の海』、その尺八のメロディをシュメエがヴァイオリンに編曲して、原作者の琴の伴奏で弾くのであった。

フランスの片田舎の八マイルの路を若い女の足で、毎日音楽教師のところへ歩いて通ったという世界的音楽家と、七歳で盲になり、貧しい一家を支えるために朝鮮の京城まで落ちて琴の師匠をはじめた時、わずか十四であったという、日本の天才音楽家と、人種と性の差別を超えて呼び合った芸術が、はからずも今夜、和洋両琴の珍らしいアンサンブル——黒紋付の羽織袴と黒のドレスとの二人を舞台に見ただけで、感動の拍手が波立つのも当然であった。

曲は、波の音、櫓のきしむ音、飛び交う鷗、朗らかな春の海を写したとのことだが、そして彼（小説中の人物）も春の海を心に描いたが、ヴァイオリンから甘い澄み切った音で流れ出る、日本のメロディを聞いているうちに、彼は初恋の頃の純情を思い出した。ほんとうはそんな少女を見たこともないのに日本風な少女の幻が浮かんで、彼をおさなごころの夢に誘った。

時にはヴァイオリンが尺八に聞え、また時には琴がピアノに聞えるほど、重奏者の呼吸はぴったりしていた。

ルネのたくましい腕の下で、道雄の痩せた指の骨は細い琴糸の上を、神経質な虫のように顫えていた。

「まるで男と女とアベコベですね。」と、彼はささやいたが、全くのところ、弾き終って、花束を受け喝采に答え、舞台を退く時も、騎士と病める少女とのように、フランス女は日本の盲楽人をいたわった。

道雄もさすが喜びはつつみきれず、ものの形はなに一つ見えないで音にばかり耳をすませている人に特有の、やわらかい静かな微笑をたたえていたが、そこには盲目のはかなさと日本人のつつましさとがただよって、細い手を強い手に取られ、少し前かがみの小さい肩を太い腕に抱えられて、弱々しく足を運ぶ姿は、見る人の心に、日本の古い琴歌のような哀愁をそそった。

しかもルネの男らしさにも、道雄の少女らしさにも、微塵も厭味がなく、高い芸術の心に達した人の、美しい同情の現れなので、聴衆の音楽的感興は二倍にされ、嵐のような歓呼が鳴りやまなかった。

勿論アンコオルも『春の海』だったが、今度はルネが道雄の付添人を退けて、彼女自ら盲楽人の手を引いて舞台に現れ、琴の前に坐らせてやった。」

涙ぐんでいる聴衆もあった。この時の宮城氏の純粋な喜びは、まことに芸術家の冥加とも言うべきであったろう。宮城氏自らも「春の海」と題する文章に、「私はどんなに離れていても、芸術の精神というものは変らないものだということを非常に嬉しいと思っている。」と言う。この文章によれば、シュメエはフランスへ帰った後までも、よいことをしたと言っていたそうである。彼女は日本の箏にあこがれ、宮城氏に数曲聴かせて貰ったうち気に入った「春の海」を、一夜でヴァイオリンに編曲し、翌る日原曲者の家を訪れて弾いたそうである。「一度で私の思う通りの感情を表していた。言葉こそ通じないが、シュメエと私の気分がぴったり一致していた。」と、宮城民は言う。この曲はシュメエが日本へ置土産したい望みで、レコオドにも吹き込まれた。このレコオドによる舞踊も、私は二三見たことがある。

ところで、私は宮城氏の名誉のために、私の小説中の印象記をここで改めて置きたいと思うのは、実際の宮城氏は必ずしも「病める少女」や「日本の古い琴歌のような哀愁」などの形容で片づけられぬということである。シャム舞踊団の来朝披露会で、私は初めて目近に宮城氏を見たのであるが、繊細な神経質の姿にも、思いの外逞しい強さが張り切っていた。シュメエと舞台に並んだ時とは、全くちがった印象を受けた。

その夜はシャム公使の催しであったゆえ、秩父宮、高松宮、その他の皇族方の御台臨があった。妃殿下達は遠来の舞姫へ御心づくしか、花束を御携えになった。国務大臣を初め、朝野の名士が集まって、しかし会場には物々しい警戒の様子もなく、こういう席に出る機会の少い私などは、岡田首相の頭が里芋そっくりの好人物風であり、林陸相が写真より案外柔和な顔であるなども面白く目に写ったが、自国の芸術家に対しても、このような敬意が払われるならば、喜ばしいことであろうと思われた。シャム舞踊団の舞姫達は、多くはわが女学生の年頃の少女であった。

シャム舞踊の伝統を生かすには、一段と工夫があろう。体もわが国の少女に似て、更に貧しい。しかしとにかく可憐であった。少女の声が「純粋の声」であるならば、少女の肉体は「純粋の肉体」と言うことが出来るだろう。体すべてを表現する舞踊では、殊に肉体を露わに解放することの多い西洋風の舞踊では、この「純粋の肉体」の美しさが大きい感動の泉である。女の美しさは舞踊に極まると言えないこともない。女性が肉体の美しさを生命とする限り、舞踊こそは女の本懐であるかもしれない。

現に舞踊ほど処女の美を直接に尊ぶ芸術はないであろう。けれども舞踊でもまた、少女や処女は物足らぬ舞姫に止ることが多い。ここに舞姫の矛盾が横たわり、苦悩も根を下ろしているであろう。それはとにかくとして、「純粋の声」があり、「純粋の肉体」があるなら、「純粋の精神」というものもあるはずである。それは無論、古往今来文学に讃美の的とされて尽きないが、少女や若い娘自らに、傑れた作家が殆ど絶無であることを思えば、女性のみならず、われわれ男性も残念なことである。女学生は詩人としても、散文家としても、小学の女児に劣るのはなぜであるか。少女の「純粋の声」の歌、少女の「純粋の肉体」の踊、このような美しさは、文学では先ず見られないのである。

一般に女が男よりも、手紙は上手である。女の手紙の方が遥かに素直に感情が流露して、生々しく肉体的である。人の印象記など書いた場合でも、女の文章の方がその描かれる人を親身に捉え、牆壁なく寄り添って行っていることが多い。これらは女というもののありがたさと私は思っている。若い無名の女の小説を読むと、下手であればあるだけ、反ってこの女のありがたさが溢れていることがあって、「純粋の精神」の現れかと考えられる。少女の純潔と芸術との関係は、女性にとってむずかしい問題であろう。

「婦人公論」昭和十年七月

永井荷風の死

「テレビで亡骸を見たときの、あのチイズクラッカアを思い浮かべますと、涙がとめどなくこみ上げてまいります。」と、関根歌さんが書いているのを今読んで、荷風氏の「亡骸《なきがら》」はテレビにもうつされたのかと、私はまたあの「亡骸」の写真を思い出した。夜なかにひとりで死んでいた荷風氏の写真は、一つの新聞と一つの週刊グラフとで私は見ている。四月三十日のある夕刊に、荷風氏の死の部屋の乱雑貧陋の写真をながめていると、そのなかにうつぶせの死骸もあるのにやがて気づいて、私はぎょっとした。言いようのない思いに打たれた。しかし、このようなありさまの死骸の写真まで新聞紙にかかげるのは、人間を傷つけること、ひど過ぎる。週刊グラフの写真は新聞よりも大きく明らかであった。この写真によって逆に荷風氏が世を冷笑しているとは無理にも感じ取れなかった。哀愁の極まりない写真であった。この写真の時の荷風氏はなんの抵抗も拒否も逃背もの力を持っていない。生きている人間ではなく、死骸であって、もはや人間というものではないかもしれないと思うと、私はこの写真の印象からややのがれることができた。岸首相が鳩山前首相のくやみに行った時も、鳩山氏の死顔がテレビ・ニュウスにうつった。これはすでに弔問客にたいして整えられた姿であったが、私はやはり不気味な悪寒がした。――関根歌さんの「チイズクラッカア」と言うのは、荷風氏が死の部屋のテレビ写真に、それの散らばっているのが目についたらしいのである。

その死によって荷風氏を週刊誌が競って好餌としたのは、荷風氏が生前もっとも忌みおそれることのように書いていたにしても、今日ではむしろ当然まぬがれぬところだろうし、私も好事で読み散らしたものを、昨日茶の間から拾い出してみると、八種の週刊誌があった。私は特に買い集めたわけではないから、まだまだあるだろう。荷風氏の風変りを興味にしがちな、これら週刊誌の記事のうちにも、敬意をふくめたものがなくはない。私自身をかえりみても、昭和二十年十一月九日(「罹災日録」による。)、中山義秀氏と二人で、熱海の大島五叟子氏へ訪ねて、初めて荷風氏にお会いすることができ、同月十四日には私一人で行き、その後、市川のお宅へも二、三度うかがい、また幸田露伴氏の葬式の日に市川の氷水屋で見かけたりした、その折り折りの印象は忘れられないので、いつか書いておきたいと思っていたが、私はただ鎌倉文庫という出版社の、まあ使いとして行っただけだから、格別の話もしなかったので、私など弱輩にたいする荷風氏の折り目正しい応対に感じ入ったほかには、荷風氏の着ているものだとか、栄養失調らしく顔がひどくむくんでいた病床の（荷風氏は起き出て床を二つに折り、正座して話されたが）ありさまだとかにおどろき打たれた、そんな印象に過ぎないのである。しかし、少年のころから遠く仰いで来たこの大詩人に、とにかく会ってもらえたよろこびは今も残っている。鎌倉文庫の出版や原稿の依頼などという用事がなければ、私が荷風氏を訪ねるはずもなかった。

週刊誌の多彩（？）な荷風記事のうちで最も私をとらえたのは、荷風氏が死の前日まで、日記をつけつづけたということであった。「昭和乙亥三十四年正月」からの分は「断腸亭日乗第四十三巻、荷風散人年八十一」と巻首にあるが、小学生の使う粗末なノオトだそうで、その日記の写真を見るとペンも粗末らしい。大正六年「歳卅九」の九月から、日本紙に美しい毛筆書きで続けられて来たものが、いつの年から粗末になったのか。記事も近年は簡単無味になっていたらしく、殊に最後の今年などは正月から、ただ天気模様と「正午浅草」とだけ書いた日が多く、それが二月の日々も同じで、三月一日は「正午浅草、病魔歩行殆困難」、驚いて車で帰って病臥十日ほどの後には、「正午、大黒屋食事」が「正午浅草」にかわってくりかえされる。大黒屋とは荷風氏の家に近い食堂で、胃潰瘍吐血死の前日にも、荷風氏はやはりそこでいつもと同じにカツどんを食べたという。そして、死の前の日の日記は天候を書いただけだという。日記のほかには遺稿がなかったそうで、死ぬまで日記だけは書き通した荷風氏であったが、この粗末なノオトとペンの、同一記事のくりかえし日記は、荷風氏の亡骸の写真のように、あわれの底知れぬ思いをさせられる。老残の詩人が死を待つしるしのようにも見える。

荷風氏が死を待つようなことは、晩年近しかった相磯勝弥氏や小門勝二氏などにも、荷風氏らしく思い切り投げた、そしてしゃれた嘲りまじりの言葉で吐き出されたのが、週刊誌にも伝えられているし、つとに荷風調の名文に歌われて来たのに私たちはなれているが、むしろ荷風氏の今年あたりの無味簡単な日記の底に、執着や絶望や諦念や厭悪や悲傷が入りまざっているのではなかろうか。

絶望は老樹のうつろより深し。
幾年月の悲しみ幾年月の涙。
おのづから心の奥の底知れず

うつろの穴をうがちたり。
されど老樹は猶枯れやらず
残りし皮残りし骨に
あはれ醜き姿を日にさらす。
屈辱にひしがるる老の身は
義憤にうごめき反抗に悶えて
あはれいたましき形骸を世に曝す。
死は救の手なり虚無は恵なり。
吹けよ老樹にはあらし。
人の身には死よ。
されど願ふものは来らず
望むものは去る
あはれあらしと死よ。

「絶望」と題する、「偏奇館吟章」のうちでは沈痛なこの詩も、たとえば宇野浩二氏は

「かりに老いたる荷風の心境をうたったものと見ても、例の荷風の（さわり）であろう。」とする。（「荷風の随筆と詩」）そして、渋好みの飾りぎらいの、からい批評家の宇野氏は、荷風氏の歌いなれた「うた」とし、「詩の形の巧みさ」とし、「絶望」のほかの二、三の詩をあげて、ボオドレエルやレニエなどのフランス詩人を思わせるという。また、荷風氏の随筆の例を引いて、「こんど、これを引くために読むうちに、どういう訳《わけ》か、はじめに読んだ時にうけた感銘が薄らいだばかりでなく、文章だけが目に立って、心にひびいて来なかった。これは、荷風の、すぐれた手練のせいであり、心にくいほどの練磨の手際の現れであろう。」たしかに宇野氏の書いた通りであろう。

「偏奇館吟章」に「暗き日のくり言」というのがある。

生きてかひなき世と知りながら
なにとて我は死なで在りや。
この世には美と呼ぶもののあればなり。
美はいづこより来れるや。
美は詩篇より来る。

詩篇はたくみなる言葉より来る。
巧《たくみ》なる言葉はいづこより来れる。
そはメロデイーより来る。
メロデイーはいづこより来れる。
そは悲しみより来る。
悲しみは人の本性より来る。
本性は伝統より来る。
伝統はいづこよりか来れる。
伝統は絶えざる人の世の流より来る。
……………
……………
また、「武器」というのがあって、
……………

人の世に住む弱きもの
歌ひ女《め》よ。詩人《うたびと》よ。
汝等そも何をか持てる。
まどはしの言の葉持てり。
世に媚び人におもねり
おのれを欺く
まどはしのたくみを知れり
笑ふなかれ憎むなかれ。

……………

このような荷風氏が「断腸亭日乗」の昭和七年二月十六日、岡千仞の「尊攘記事」を読んで「暁にいたり」、その議論の公明正大をほめたついでに、「余徳富蘇峯近世日本国民史なるものを著すを知れり。然れども未嘗て之を手にせず。彼は老猾にして文才あり。一たび其国民史を繙けば之に蠱惑せらるる事を恐るるが故なり。書は仔細に選択して読まざるべからず。明治の文学演劇について読まむと欲するものあらば文学博士坪内氏の書を読むことなかれ。森鷗外先生の書を熟読すべし。」と書いているのを、私は見つけておもしろかった。荷風氏が蘇峰氏の文才に「蠱惑せらるることを恐るる」というのである。荷風氏の文学は江戸やフランスや女などに蠱惑されて生まれ出、私たち読者はその文学に蠱惑されて来た。荷風氏の死から一月ほどのあいだに私はまた荷風全集の大半を読みかえしたが、(読み出すと、やめられないのだ。)こんどの読みようでは、たくみな小説家よりも、きびしい批評家、ひとり高い反俗家よりも、哀傷の抒情詩人を感じるところが多かった。たとえば「偏奇館吟章」など詩の形を取ったのにすぐれた詩はなく、随筆や随筆風の小説がすぐれた散文詩となっているのではなかろうか。「日和下駄」や「濹東綺譚」などである。ところで、「正午浅草」、「大黒屋食事」などとの絶筆の日記には、まったく「蠱惑」のかげも失せて、かえって人の胸のなかに石を沈めるようである。

荷風氏の死が報えられた新聞紙上に、幾人もの文学者が、故人の業績をたたえ、その死にようも「有終の美」としたのは、勿論そうあるべきだが、なかで舟橋聖一氏一人だけは、(荷風氏の文歴を追想した文章の終りにだが)、戦後のひとり暮らしの荷風氏を、「そのぜいたくなおしゃれな前半生にくらべて、風流にしては余りにも不細工すぎる生活の貧しさであった。」と言い切り、「要するに万花繚乱たる青春の一時代をもったとはいえ、また一世を風靡する名作を書いて、紙価を高からしめたとはいえ、最後の悲惨な死を見るにつけ、その一生を通じて氏の文学はついに亡命の文学であったという印象を消すことは出来なかった。」と断じていたのが、私の注意をひいた。亡命の文学とはたしかに一つの見方である。そういえば荷風氏は、愛してやまぬパリへなぜ亡命、または流寓しなかったのだろうかと、ちょっと考えられたりする。荷風氏のようなひとり暮らしも、西洋でならばそうめずらしくはなくて人にわずらわされなかっただろうし、ひとりの人知れぬ死も、あれほどの好奇心の騒ぎからはまぬがれただろう。荷風氏とモウパッサン、モウパッサンとドガとのつながりで、私はドガに思いおよんだ。八十三という長生きのドガの晩年は、「死を待つだけの寂しい生活であった。」と伝えられる。やはり一生妻を迎えなかった。若い時は伊達男であった。小林秀雄氏の「近代絵画」の「ドガ」の終りに、アンリ・ルロルあての手紙の一節が引かれている。「もし貴方が独身で五十歳にもなると、まるでドアがしまる様な具合に、自分というものがしまって了う時期を経験するでしょう。友達に対してだけではないのだ。自分の周りのものをみんな片付けてしまうのだ。そしてたった一人になってみると、今度は自分を片付ける、自分を殺すのだ、嫌悪の念から。私は、あんまりいろんな事を企てた。今は、もう身動きも出来ぬ、力もない……。私は、戸棚の中に、私の計画をすっかり詰め込んで、戸棚の鍵は身につけて持っていたが、その鍵も紛失して了った。」

荷風氏も書きそうな言葉だが、荷風氏の言葉はこれにくらべてあまい感傷に流れていなかったかと、私は日本の風土にほっとする。日本の文学者としては、西洋の個人主義、自我主義をもっとも意志強固に執拗に、荷風氏は貫いたけれども、西洋のそのたぐいの芸術家のように、読んで寒気がするほど凄い作品は荷風氏にはないだろう。死の前の無意味に近い日記がむしろ不気味であろうか。死ぬ前のドガは盲であったが、指先きの手ざわりだけで、あの踊子の彫刻をつくった。ドガの冷めたい絵にも言い知れぬ哀愁と憂鬱とはただよっている。しかし、日本人の荷風氏らのそれとはちがう。いやな見方だけれども、それにやや近づき迫ろうとするのは、荷風氏のうつぶせの亡骸の写真のようなものではないのだろうか。荷風氏は日本の詩人であったために救われ恵まれたところもあったが、すぐれた天稟の奥深くまでは掘り切れなかったところもあっただろうと、私には思われる。

「中央公論」昭和三十四年七月

美智子妃殿下

礼宮文仁（あやのみやふみひと）親王のご生誕をお祝い申し上げる。御名の出典は「論語」で、それは「論語」の「顔淵《がんえん》」編にある、「子いわく、博く文を学び、これを約するに礼をもってすれば、また、もってそむかざるべし。」によるそうである。孔子のこのことばにつづいて、「君子は人の美を成し、人の悪を成さず。小人はこれに反す。」とか、「政とは正なり。子帥《しひき》いるに正をもってせば、たれかあえて正しからざらん。」との教えがつづいている。いずれにしても、やさしく、やわらかい御名であると思う。

新宮さまのご安産、そしてご命名の日を迎えられたのを、私もおよろこびする国民であるとともに、私ひとりのひそかなよろこびも、それに加わっている。ご安産といっては、あるいは失礼にあたるのをおそれるが、ご出産の十一月三十日の五十日ほど前、皇太子ご夫婦が軽井沢をお引きあげになる二日ほど前、美智子妃殿下が私の山小舎をおたずね下さって、常ではないおからだに、万々一おさわりがあってはと、私はご心配したからである。

軽井沢の私の山小舎に近づくと小路《こみち》に勾配がついていて、雨水に土の流れるのをふせぐために浅間石をごつごつ埋めてあって、車がたつくし、その小路から、急な段々を山小舎までのぼらねばならない。しかも、お越し下さるという日は、九月十日過ぎながら、千メエトルの高原のかなり冷たい雨になった。暖炉《ファイア・プレイス》に薪をたくほどであった。

妃殿下の内々のおいではもちろん私どもはありがたいけれども、悪い小路の車のがたつきをおそれて、前もってそれをお伝えしておいた。しかし、もっともご心配のない月とかで、やはりお見え下さることになった。下の小路に二、三台の車がとまったので、私たちはあわてて段々をお迎えにおりた。車から出られる妃殿下に、雨がさをさしかけようとすると、妃殿下は逆に雨がさを私にさしかけようとして下さる。妃殿下はそういうお方である。今は故人の佐藤春夫氏、同じく吉川英治氏と私の三人で、東宮御所にお招きを受け、三時のお茶をいただいたあと、両殿下のご案内で、御所の回廊をまわりながら、お庭を拝見することになったが、片足の悪い佐藤さんは歩くのに杖を離すことがなく、回廊で杖を落とした。その杖をすぐに拾って佐藤さんに渡されたのは妃殿下であった。あるいは私のおぼえちがいかもしれないが、私はそうおぼえている。佐藤さんは杖に頼っても、なお片足をひきずり気味で歩きづらそうである。妃殿下はふと佐藤さんの片肘をささえてあげそうな素振りをお見せになったが、それはおやめになった。いかに民間出とはいえ、今のご身分では、そんなことはなされない。しかし、妃殿下の素振りは、私の印象に残った。ふっと私に雨がさを傾けて下さりそうになさったのも、そういうおやさしい性《さが》である。正田家にいらしたころのしつけであるかもしれない。しかし、妃殿下は妃殿下おひとりの雨がさで、山小舎におのぼりになったのはもちろんである。この日は、妃殿下だけがお越し下さるとのことであったが、皇太子殿下と浩宮さまも、下の細道まではごいっしょで、山小舎の上がり口で車をお降りになった。私たちはそこでごあいさつした。

おしのびであるから、私たちはなにも格別のおもてなしはしない。この日の美智子妃殿下は、ことにお美しかった。前に吉川英治さんがなくなったと、立野信之さんから聞いた日、私はなんとなく吉川さんの別荘へひとりで行ったが、テニス・コオトの横を通ると、乳母車を押した中年の外人の婦人が、つれの日本の婦人に、「美智子妃殿下は、色がお白くて、おきれいですね。」と、はっきり日本語でいうのが聞こえたので、私は思わず振りかえった。外人の婦人は私に微笑した。その年、妃殿下は皇太子殿下とともに、よく旧軽井沢のテニス・コオトへいらしていた。そんなことも私は思い出した。しかし、この雨の日に、山小舎の粗末なテエブルで向かい合った美智子妃殿下が、もっともお美しいように私は感じた。

妃殿下は童話におくわしいので、万平ホテルに宿泊の中山知子さんを、お話相手に呼んでおいた。また、皇太子殿下の歌の師の五島茂さんを、東京からきてもらっておいた。もちろん、侍従や女官のおともはあったが、別のテエブルに控えていて、お話には加わらなかった。

おみやげに、佐久の桃と干菓子とをいただいた。干菓子の小箱は、妃殿下がご自分で包装なさったもので、それにかけた紐に、小さいわれもこうがさし添えてある。こういうところに、妃殿下のお心づくしが見える。佐藤さんと吉川さんと三人で、御所へおよばれしたとき、私はケエキかビスケットに紅茶を型通りにいただくものとばかり思っていたところ、柏餅とみつ豆にお煎茶であった。しかも、その柏は妃殿下がお庭の柏の葉をおつみになっての、お手づくりであった。そのときお聞きしたのだが、皇太子殿下は植物にもお詳しく、御殿の正面の庭は皇太子殿下のご領分、そして美智子妃殿下は御殿の横に、「源氏物語」にちなんだ植物の庭をおつくりになっていた。広いお庭のささやかなひとところで、土もまだあまりよくなじんでいないようだった。軽井沢からお移し植えのいく本かの白樺は御殿の前方に根づいていて、若葉であった。

幸い私は家内や娘と、また別のおりに、御所のお池に近い紅しだれざくらの花ざかりのころ、お庭の奥まで拝見できて、つくしをぞんぶんにつませていただいたこともあった。雉の群れが棲むのも見かけた。美智子妃殿下から、お庭のつくしや山菜、また銀杏を鎌倉へおとどけいただいたりもしたが、それらは妃殿下がお手ずから、お庭でおつみになり、お拾いになったもので、美しい竹のかごに、じつにきれいにお入れになっていた。干菓子の小箱に、小さいわれもこうをお添え下さるようなお心づくしが、きっとどこかに見えた。銀杏はもしはえてくれればと、私の庭の方々にまいてみたが、芽は出なかった。外皮をきれいにお洗い取り下さったせいか、いちょうの実生《みしょう》はむずかしいのか、私は知らない。

さて、吉川英治さんの別荘のまわりや庭を、私はひとりでさまよい歩いた。高原のとざされた別荘はさびしいものの上に、その日に主人をうしなったという思いがこちらにあるので、なおさびしかった。日も暮れかかっていた。帰りにまたテニス・コオトの横を通ると、もうプレエヤアはみな帰ってしまった、暮色の地に這うコオトを、男と女、ふたりのやや老いた掃除人が、コオトをゆっくり掃きならしながら、「今日、吉川英治さんがなくなったのだってね。」と話し合っているのが、私にはっきり聞こえた。吉川さんはテニスはまったくしないし、ここらを通ったことはあるまいが、吉川さんの死はこんなコオトの掃除人の話にもなるのかと、私はまたさびしくなった。私が吉川さんの別荘に行ってみたのには、美智子妃殿下の柏餅をお手づくりのお心づくしにならう心も、多少ないではなかった。

三、四年前、皇太子同妃両殿下が五島さんの案内で、私の山小舎へおいで下さったことがあった。軽井沢をお引きあげの前日であった。そのときも、週刊誌、新聞などは、たくみにかわされていた。両殿下を中心に私の山小舎でしばらくお話下さって、人目につかぬ峠へ気楽にピクニックにいらっしゃるもくろみであった。もちろん警備の人々は途中の高い草のなかにおかれていたが、週刊誌、新聞などの記者には気づかれなかった。週刊誌があわてて、私の山小舎へ来たようだけれども、すでに両殿下と私が軽井沢のあまり知られていない峠へ出かけた後であった。ご微行の両殿下の写真撮影ではおくつろぎがない。峠にご用意のござを敷いて、私は魔法瓶のお茶やビスケットをいただき、皇太子殿下と気楽にお話していた。ビスケットは明治や森永で、舶来のものではない。思いがけなくご質素である。だいたい、皇族のふだんの私的なお暮らしはたいへん、もしかすると私たちよりもご質素なところもあるようにお見受けするといっても、失礼にはあたるまい。

私たちが皇太子殿下とござの上でお話しているあいだ、妃殿下は隣接の草原で、ご自由に喜々として、松虫草、山桔梗、竜胆《りんどう》、われもこうなどの秋草を、五島さんのお嬢さんとともにつんでいらした。そして帰りしなに、きれいな花束として、「これを、奥さまとお嬢さまに、さしあげて下さい。」と、美智子妃殿下はおっしゃった。私はまったくおどろいて、「せっかくおつみになって、おきれいになさったのでございますから、御殿にお持ち帰り下さい。」というと、「これは、奥さまとお嬢さまにさしあげるために、せっかくおつみしたんですもの。どうぞ。」と妃殿下はおっしゃった。「それでは、いただいてまいります。」と、素直に私は答えて、かなり大きい花束を抱いて帰った。家内と娘は峠まではおともしなかったのである。両殿下たちとは峠でお別れして、車のない私はお送りの車をいただいた。

それにならうというわけでもないが、私は吉川さんの庭に、なにかの花が咲いていれば、愛していられた山荘のことだから、お葬いの花は吉川別荘の花をつんでゆくのが、地味ではあっても、心はあると思って、ひとつはその検分に行ったのであった。ところが、吉川別荘には花らしいものは一向にない。おしろい花が木かげに貧相に咲いていただけであった。だいたいかえでの庭で、時ならず葉のさきが褐色にちぢれているのが多いのもふしぎであった。私は通夜の前の日、吉川別荘へ再び行って、勢いのいいかえでの小枝や、笹や、しだや、弱いおしろい草をつんでおいた。それから梅原竜三郎先生のお宅へ、軽井沢を引きあげるあいさつに行った。梅原別荘に行く野道は、野草もわりとたくましい。私は道々それをつんだ。梅原さんは私の野草の束をごらんになって、これはなんだといわれるので、事情を話すと、送って下さる道でこれもきれいだと、月見草を自分で折り加えて下さった。梅原さんは月見草、待宵草という名も奥さんにお聞きになったが、月見草は一夜きりのいのちなのもご存じなかったのか。梅原さんのような画風としては、月見草、待宵草など、繊弱、感傷の花は、ふだんほとんど心になかったのであろうが、私は少し思いがけなかった。梅原さん夫妻は軽井沢駅へのなかほどまで見送って下さった。

私は吉川別荘のかえでやしだなどと、梅原別荘への道の野草の花とを携えて、吉川英治さんの通夜に行った。吉川別荘のものと、そのほかの場所のものとは別の束にしておいた。軽井沢の旧道から吉川家にはいる道の、土屋さんの花畑にみごとなダリヤが咲いていたので、吉川さんの霊前に供えるのだというと、じつにこころよく切ってくれた。そのダリヤも添えた。吉川別荘のかえでの枝やすすきや笹の葉は、吉川夫人にもよろこんでもらえたが、霊前へ飾るのに、焼香をする客の側からは裏向きに供えられたので、私がそういうと、夫人は主人に見せてやりたいのでそうしたと答えられて、私はなんとも恥ずかしかった。美智子妃殿下の高原の花束をいただかなければ、私は吉川別荘のおしろい花や木の葉っぱなどをつんで行こうなどとは、とうてい思いつけなかったであろう。

天皇陛下には芸術院や皇居の園遊会で、お目にかかる折りはあっても、とくにお親しいお話を直接うかがう折りはまだない。園遊会で、「どうしているの？ ペン・クラブをやはりやっているの？」との短いお言葉をいただいたくらいである。しかし、皇太子殿下とは、軽井沢の山小舎や峠、また昨年の芸術院の賜餐《しさん》では、幸いお席が隣りだったので、そのあいだ終始お話をうかがいつづけた。殿下の博識なのには、じつは内心おどろきながら楽しかった。その折り、「美智子がお会いしたがってますよ。」とおっしゃって下さったのも、少し意外であった。

とにかく、産月近いおからだで、私の山小舎へおいでいただいたのも、なんのお障りもなかったことで、私たちはうれしい。そのときは暖炉に薪をたいて、およそ二時間ばかりお話をした。そして思いがけないことには、皇太子殿下が愛宕山の帰りにお迎えにおいでになった。この夏は、浩宮さまをお鍛えになるおつもりで、小浅間をはじめ、軽井沢の小山を六つか七つお登りになったそうだが、その日は愛宕山にお登りになる予定で、冷雨のなかを実行されたらしい。愛宕山もてっぺんのあたりは車が行かない。私の山小舎の下の細道へおいでになった皇太子殿下は、洋服の半身がお濡れになっていた。少しお休み下さいませんかというと、浩宮さまとごいっしょに山小舎へあがっていらした。

浩宮さまはおなかがすいてらしたのか、ビスケットを六つ、七つ、たてつづけに召しあがった。そして間もなく、「おさきに。」とおっしゃって、おひとりでさっさと扉をお出になろうとした。こういう習わしがおありなのだろうか。

浩宮さまがお出になって、皇太子皇太子妃殿下もお帰りになった。妃殿下は皇太子殿下のお車で、皇太子のご運転は石のごろごろを避けて、お静かで、お見送りの私たちは胸をなでおろした。もし、東京で皇太子殿下のご運転などとわかれば騒ぎで、これも軽井沢のご自由のひとつであろう。

(右は、雑誌「風景」の「秋風高原」の終章にかねてから心づもりしていたので、これがないと形がつかないのであるが、皇室関係のことではあるし、またもし、妃殿下が私の山小舎などへお越しにくくなってはと、今まで書きひかえていたのであったが、第二皇子のご誕生のおよろこびにつられて、つい書いてしまった。失礼があれば、なにとぞおゆるしいただきたい。)

「東京新聞」昭和四十一年一月四日

4

伊豆温泉記

1　南国の模型

自然の形のままの岩を無造作に並べて、例えば岩の多い山川の淵のような湯船、「そこはまだ背が立つの？」と、女はこわごわ縁の岩につかまって、うっかり中へ進むことが出来ぬ。踏み外したら、ずぼりと沈むのだ。つまり、底へ小石を埋めたり、板の簀子を張ったりする、面倒を省いた湯船なのだ。

それでも中程に申しわけばかりの板を立てて、男湯と女湯とに分けてはあるが、男はその下を潜って泳いで行き、女達の足にぶっつかって、ぽかりと浮かぶと、「きゃあっ。」と大騒ぎになる。男はまた潜って男湯に帰る。

宿屋に食事を頼むと、一人や二人面倒臭いとことわる。自炊するよりしかたがないが、とにかく一部屋借りて一日二十銭か三十銭、五十銭も茶代を置こうものなら、手拭、絵葉書、石鹸、干魚なぞ、宿にあるものを皆揃えて土産に出す。合計の値段は茶代を食み出しているかもしれない。そして、荷物を持ちながら何町も送って来て、なお宿の者は恐縮している。

これは、鉛温泉のことである。盛岡の花巻温泉から奥へ入った山の湯である。

伊豆も——とりわけ奥伊豆は野趣に溢れている。しかし、この鉛程に素朴な温泉はない。

また、ある地の温泉では、湯船の真中に板を渡し、芸者も客も湯につかりながら、その不思議な食卓に対い合って酒を飲むという話を聞いたことがある。

伊豆にはこんな風変りな遊びのある温泉はない。例えば、熱海温泉は町全体に色町の匂いがある。伊東温泉は都会風に洗われてはいないが、女遊びの網は熱海よりあらわに張られている。

伊東の音無森《おとなしのもり》では、例年十一月十日の夜、瞖摘み祭がある。氏子達はその日歌三味線もつつしむ。社へ詣るのに提燈を禁じる。そして、無燈無言で祭式を行う。だから神酒を飲むにも、順々に瞖を摘んで盃を送る。

「送るのは盃ばかりじゃないでしょう。」とは誰しも思う。

人知れずあひし昔をしりつみの
　祭に神もおもしいづらん　（高崎正風）

昔、謫居の源頼朝が伊東祐親の娘八重姫と、この森で忍び逢ったという。それゆえ声を忌《い》み、音無森――なお近くに音無川、鳴らずの瀬なぞがある。

とにかく、臀摘み祭は伊東の特産物ではなく、いろんな地方に散在する奇習である。「万葉時代の歌垣と同じように――近江の筑摩《ちくま》の鍋被り祭なんかも名高いが、上古の乱婚の遺風だという人があるね。」

「そうかもしれない。しかし、その祭が伊東にある場合は、特に町の感じを現すものになってやしないかね。」

けれども、雪国の或る温泉のように、旅館が直ちに娼家であると言えるような温泉は、伊豆にはない。

また、下田の古老の松村春水氏は唐人お吉伝で、下田を美人国と書いていられる。これはお国自慢の法螺だ。伊豆の娘達も関東の田舎並みの器量しか持っていない。伊豆の温泉巡りをすれば、到るところ海の乙女山の乙女が、ロマンス待ち顔に旅人を迎えるかのように思うのは、大きな間違いだ。凡その反対の顔ばかりと思っていい。天城の北、狩野川の流れるところ、いわゆる口伊豆では、このことが一層甚だしい。

そもそも伊豆の国は、神亀元年に遠流の地と定められて、比較的重罪人を流す、都遙かな配所だったのだ。東海道の箱根道が開かれたのが平安朝の初め、しかしまだ足柄道の方を選ぶ習わしであったから、その頃は人も通わぬ国だったにちがいない。歴史に誌された一番古いのが、天武天皇の時に麻績王の長子、その後名高い流人は数え切れぬ程だ。

その恐しい遠流の国が、いつから、そしてまたなぜ、詩の国として人々を惹きつけるようになったか。

「無論、伊豆が生き生きと動き出したのは、頼朝が蛭ケ小島で旗を挙げてからだよ。彼が遠い京都から近い鎌倉へ——政治の中心を移して来てからだよ。——志賀矧川さんは、日本歴史の縮図の土地を求めるなら、口伊豆だと言っている。」

「その史蹟と伝説という奴が、伊豆では実にうるさ過ぎる。干物を百種類も並べた膳に坐らせられるようだ。名所旧蹟を訪ねたくて伊豆へ来る者が、今時千人に一人あるかね。新鮮な興味のあるものは、幕末の下田開港頃の唐人との交渉と、江川太郎左衛門の活躍くらいのものだ。その頃を子供心に覚えている古老が、生きた話をしてくれるからね。」

「そんなことよりも温泉さ。」にはちがいない。

湯「出づ」から、伊豆という国の名が起ったと称える俗説もあるくらいだ。海岸線五十五六里、面積百四方里の半島に、二十四箇所の温泉が湧き出ている。別な数え方をすると、三十三の温泉だ。十二村、三ケ町が温泉場だ。

伝説よりも温泉だ。歴史よりも地理だ。例えば、修善寺を歴史的温泉とすれば、熱海は地理的温泉だ、と言う人がある。熱海の勝利は地理の勝利にちがいない。

ところが、初めに書いたように、その温泉は人の度肝《どぎも》を抜く程の変り種ではない。伊豆を詩の国とするのは、出で湯よりも風景だ。海の美しさと山の美しさを持った半島だからだ。

「しかし、日本三景、日本新八景、その一つだって伊豆にはないじゃないか。」

「だが、その風景を見る眼をもう少し拡げて貰うんだな。伊豆半島全体を纏めて一つの景色くらいにね。そしたら、新三景の一つになるかも知れないね。伊豆を国立公園にしようという説もあるが、いかにも公園の感じだね。伊豆には風景のあらゆる美しさの模型がある。」

そして、詩の国と感じさせる第一の原因は、伊豆が南国の模型だからだ。紀伊の感じを小さくしたのが伊豆、と誰かが言ったが、紀伊を南国の大きい模型とすれば、伊豆は南国の小さい模型だ。

伊豆には、椿の花、蜜柑類、鰹船、石楠花、海の色、鹿、植物の暖国的な繁茂、河鹿――。

石楠花は高山植物だが、天城では南国的に花を開く。熱海の区裁判所の庭には、サボテンが私の頭よりも高く、熱帯的なふてぶてしい茂りようだ。

伊豆の海山は男性的なところもあり、より多く女性的なところもある。南国の男と女と、それも人形のように可愛い――。

2　肌触りと匂い

温泉は勿論丸裸の皮膚で、ずぼりとつかるのだから、触覚の世界だ。肌ざわりの喜びだ。湯にもいろんな肌のあることは、女と同じである。

私が知る伊豆の湯で、一番肌のいいのは長岡だった。宿はたしか大和館だったと覚える。これは卵の白身のように、つるつると粘っている。女が入湯すれば、いかにも肌理《きめ》が細かになり、滑らかになりそうな感じだ。長岡へよく行く人に話すと、お世辞かもしれないが彼は、

「ほんとうにそうらしいですよ。」

しかし温泉の効能書に、肌を美しくするとは書いてない。

けれども、例えば伊東の浄の池には、

「天然記念物浄之池特有魚類棲息地」

と書いた石標が建っている。湯鯉《ゆごい》、横縞魚《よこじまうお》、迅奈良《じんなら》、蛇鰻《へびうなぎ》なぞ、天然記念物に指定される程奇怪な魚が棲んでいたという。その池の水がなまぬるく、つまり温泉の湯だから、特有の魚が育ったのだ。

例えば船原《ふなばら》、あすこの湯の肌は皮膚病の人間のようだ。それがまさしく皮膚病に効くというから不思議だ。鈴木屋の内湯へ行くと、まともに見られぬ皮膚病の男、それに皮膚病のように水垢が多く、黄色く濁った湯、私は早々に飛び出した。部屋へ帰ると、髪

を振り乱し、頭のてっぺんを大きく剃って氷袋を縛りつけたヒステリイ女が、凄まじい形相で廊下越しに睨みつける。廊下へ出ると、日光浴をしていた結核の男が話しかける。船原へは二度と行くまいと思った。けれども、二三年前にホテルが建って、その頃とはすっかり変った。名ばかりでない洋館のホテルは、熱海以外ではここだけかと思う。

また、湯ケ島の西平《にしびら》温泉は、天城の山気らしく厳しい肌ざわりだ。

熱海の湯ざわりには、黒潮の暖流が流れている。

しかし私には、湯の肌ざわりよりも先ず湯の匂いだ。

湯ケ島について言うならば、天城街道で乗合自動車を捨てて、谷に下りる路に一歩踏み出すと、瀬の音に乗って湯の匂いが漂って来る。私は懐かしさ一ぱいで駈け出す。宿のどてらに着替えると、袖に鼻をこすりつけて、綿にしみ込んだ湯の匂いを嗅ぐ。湯船に身を沈めて、湯の匂いを一ぱいに吸い込む。

「この匂いが嫌いかね。それじゃ君は温泉が嫌いなんだよ。——煙草好きが匂いを楽しむように、いろんな温泉のちがった匂いを嗅ぎ分け給え。」と、私は同行の友人に言う。

鼻の曲る程烈しい匂いの温泉は、伊豆にはないようだ。

湯の匂いばかりではない。温泉場程いろんな匂いのあるところはない。岩の匂い、樹木の匂い、壁の匂い、猫の匂い、土の匂い、女の匂い、庖丁の匂い、竹林の匂い、神社の匂い、馬車の匂い――。温泉がもろもろの匂いを感じさせるのだ。東京の銭湯でも、上ったばかりの時は、鼻がよく利くのと同じ理窟だ。

「あの女は今――。」と、私はよく言って、友人に笑われる。全く温泉宿では、女のその匂いが感じられるのだ。温泉に長くいると、温泉を離れてもその匂いが鼻につくようになるのだ。

いくら厚着の女を見ても、湯殿で会う時のように、その体の形が分るようになるのと同じだろう。

嗅覚のとりわけ鋭いギイ・ド・モウパッサンはお湯が好きだった。

3　男女混浴

「凡そ温泉土産なるもので、一番感じの悪いものは――。」と私は言う。

「女の裸――つまり湯殿の女の絵を染め出した手拭ですな。ましてそれに彩色するに到っては――。」

相手があいまいな笑いを見せると、私は更に、

「画家にも念の入った人があって、例えば石川寅治氏なんか、わざわざ天城の麓までモデル女を引っぱって行ってね——湯ケ島の湯本館の裏の谷川に、大きな岩の湯船があるんですが、それに二三人の女が浴《ゆあ》みするところを描いたという話です。銀座の元のカフエ・プランタンにその絵がかかっていたのを、僕も見たことがあります。中沢弘光氏も温泉の女姿を沢山スケッチしているようですね。」

勿論、これら大家の絵は手拭の女と較ぶべくもない。しかしながら、山の湯で見る女の裸は、銀座のカフエにある絵から思い及ぶべくもない。俗にいう千人風呂——大きい湯船が自慢の宿屋は、女中達なぞがその湯にしゃっちょこばって入っている絵葉書を、よく土産に出す。あの写真の阿呆らしさからは、尚更思い及ぶべくもない。

「だけど、温泉だって男女混浴は禁じられてるんじゃないですか。」

「禁じられてるらしいですね。少くとも伊豆ではどんな田舎へ行ったって、形ばかりにしろ、男湯と女湯との隔てのない共同湯は先ずないでしょうね。それが可笑しいんですよ。混浴に慣れない客が来る宿屋の内湯には、反ってその隔てのないのが多くて、子供の時から慣れている村人の湯には、それがあるんですからね。しかし、女の裸を見るの

が珍らしいなんて温泉場も、めったにありませんね。」

先ず熱海といえば、伊豆の四大温泉のうちで飛び抜けて開けているばかりでなく、東京へ近さは近く、温泉つきの別荘地や町の目抜きの場所の地価は、東京市内の目抜きでないところよりも高く、坪二百五十円から三百円、

「熱海で安いのは油ばかりです。」と、椿油屋のおかみさんの言うのが嘘でない程に、全国の温泉中での都会だ。

だが、町の共同湯からは手拭一つの女が、道端へ涼みに出ている。細い路を歩いていると、湯気が足首を舐める。穴倉のような女湯の窓の上を歩いているのだ。

小沢湯という湯屋の二階は碁会所だった。女達が片膝立てている脱衣場を通り抜け、地の底の湯船を見下しながら厠へ行く。碁盤の上に湯が匂う。

間歇泉のある大湯、銭湯の万人風呂なぞの二階も娯楽場だ。その広間で書画骨董の即売会や東京の呉服屋の出張大売出しがあったり、素人義太夫会があったりする。真下の湯船から浴みする声が聞える。とにかく熱海でも、女の裸は珍らしくない。この珍らしくないということ——温泉の男女混浴の味いはここになければならぬ。

「夏の海水浴場を、男海と女海とに分けたとして、その殺風景な不自然さを思ってもみ

給え。」と私は言うが、温泉の男女の隔てだとて、湯に育った土地の人々には、全くこれに近い感じかも知れぬ。

夜の大雨が美しく晴れ上った南伊豆の小春日和の朝だ。山川は土色の激しさに溢れている。宿屋の内湯にいる私を川向うの村湯から見つけて、旅芸人の娘が裸のまま川岸へ走り出し両手を高く伸しながら、何か叫んでいる。その体を日の光りが白く染めている。

――湯ケ野温泉のことであった。

湯の町の匂いは裸のすさまじさをやわらかくする。でも、熱海のように店の立ちならんだ道でそれを見るのはいけない。山川を隔てて見るのでなければ、木がくれの湯の窓に見るのでなければ。竹林のそよぎ、波の音の傍に見るのでなければ。

母子づれ、または男となく女となく誘い合わせて打ちつれ、谷川沿いの路を提燈の火で湯に行く。そして湯船は村人達ののどかな世間話の楽しみどころ、山の湯の老人達は実に長湯だ。湯船の縁に腰かけ、長々と寝そべり、次々に来る人と語り、半日湯で過すことも珍らしくない。深夜人のない湯船が恋に使われることがあっても、それは極めて稀だ。なにげなく、そしてのどかな混浴だ。男湯と女湯の隔てがあっても、その隔てを忘れている。また、形ばかりの板簀子の隔て越しに見える女湯は、反って風情だ。あち

らこちらの湯で私は、

「ここの湯も実に可笑しいね。湯船には男と女の別があって、脱衣場は一つなんだからな。」

長くいると宿の女達が、

「これから湯船を洗いますからどうぞ。」と誘いに来る。

夜の三時頃湯殿へ下りて行くと、美しい小娘の女中が湯から円い肩を出し、湯船の縁に頬をぺたりと投げて眠っている。葉漏れの月が射し込んで、硝子戸の中の湯気は霧の夜の瓦斯燈じみたほの明るさだ。河鹿《かじか》の声が月の光りに浮かんでいる。桃割れの鬢《びん》が溢れる湯に濡れている。揺り起すと、二本の指で瞼をむりに開いて見せながら明るく笑って、

「またあの乾物屋が来たんですもの。夜が明けるまでここにいようと思って――。」

乾物屋は月の中頃と末とに沼津から掛け取りに来る商人の一人、必ず酒に酔い、必ず女中部屋に入りこみ、十年この方変りがない。円めた座蒲団に長襦袢を着せた人形を寝かせといたり、いばらを忍ばせたり、冬の寝床に氷袋を入れたり――女中達は手を変え品を変えて寝床を守る。戸の錠くらいはちぎり取られてしまう。廊下の戸につっかえ棒をすると、物干によじ登って裏窓を破る。女中の代りに宿のおばあさんが床にもぐって

いても、朝まで彼はそれと知らない。度重なると女中の寝床を守る気持は遊戯となる。その遊戯も面倒臭くなる。神経の新しい小娘は、湯船で眠らなければならぬ。

乾物屋ばかりでない。湯治客のうちにも、とにかく女中部屋に乗り込まないと、虫のおさまらぬ癖の男がいるものだ。

その小娘の胸には、湯のために赤い輪が嵌っている。それを笑いながら、彼女の身の上話——客の煙草の吸殻を集めて父に小包で送るというような身の上話を、湯船の中で聞いていると、川原の石がほのぼのと白んで来る。せきれいが動き出すのも近い。

思いつめた駈落ち者が山深い湯に隠れているのは、見るも寂しい。娘は部屋を一足も出たがらず、夜中の湯船に抱き合ってめそめそ泣いている。同性愛の女教員二人が昼も寝通しでいたことがあった。これなぞは女中達も障子に穴をあけて覗く。しかし、心中しそうな男女は、なんだか近よりがたい。その彼等を捜して姉夫婦が来る。四人が一つ湯船に沈んで固くなっている。やがて姉が妹の腿に小さい創痕を見つけて、

「あら、まだあるわよ。」と幼い思い出にはしゃぎ出す。子供の時に喧嘩して、姉が火箸で突いた創《きず》なのだ。妹が生きて見つかった嬉し涙を、姉は手拭でざぶざぶと洗い落す。そのきっかけで、初めて会う男同士も親しみ合う。混浴はこんな気持でありたいものだ。

酔ったまぎれの娼婦二人が、谷川の石伝いに客を引っぱって、寝静まった宿の内湯へ裏から忍び込んで来る。どうしたものか、それに村の百姓娘が一人まじっている。娼婦達が男の背を流しはじめると、娘も負けずに一人の男のうしろに膝を突いて、腰を浮かせる。そこが、三月前の張りつめた美しさを失い、新しい円みである。彼女は十六だ。次の年は沼津の牛肉屋の女中になっていて、村に帰った時湯船で会うと、豊かな女らしさに体の線がくずれている。美しいものの毀れるいたいたしさが、私を悲しくする。好色的な通俗医学書そのままの変化を娘の体に見ることは、湯の悲しさの一つだ。それから女の体に幻滅することも。

裸の女は決して美しくない。形の美しいのはまこと万人に一人、一年湯の宿にいて一人見られれば神の恵み——それには頭が下って、まともに目を向けることが出来ぬ。

或る新聞に三助の言葉として、

「女なんてまるで芋みたいなもんでさ。裸よりか着物を着た方が、ずっと魅力がありますよ。」

三助の強がりではない。混浴に慣れた者も同じだ。裸よりも着物を脱ぐ時、着る時——脱ぐ時の縮んだ薄寒さよりも、着る時のゆるやかな温かさを私は取る。

だが、例えば浅草の松竹座楽劇部のボオドビル――あの日本の娘のダンスを映画の中の唐人の女達のレヴュウの場面なぞと直ぐ続けて見ると、日本の女の体の貧しさが悲しくなるが、その悲しさには、童謡じみた幼さ、子供の自由画じみた温かさがまじっている。この幼げな温かさは日本の女の体の線のよさかと思う。だから、湯船の女にも美しくないゆえの親しさというものもあろう。

湯船の中で一番見るのが厭なのは、知り人の細君。それから、客につれられて来た遠出の芸者。恥しがり過ぎる女。少しも恥しがらない女。一番見るのが楽しいのは、新婚旅行の花嫁。それも温泉場を二つ三つ廻って、混浴しかたがないと幾らかあきらめた頃。ほのぼのとした新しさが、こちらにしみる。それから女学生の団体。こちらが健かになる。それよりも、なにげない村の男女の間に、ぼんやり湯に沈んでいることだ。けれども、なんでもない男の背をなにげなく流していても、女の腕は突然ぶるぶると顫え出さないとも限らぬ。そして、

「十二三から下の女の子は、反って湯の中でべたべたと男に甘えたがるかと、思われることがありますね。女の本性たがわず――。」

4　異風の湯

独鈷の湯

弘法大師十八歳の時来りて、悪魔降伏の法を修す。後大同二年再来りて、仏像数軀及自像を刻み安置す。――（修善寺記）

この大同二年が修善寺の創立、この時留錫中の大師が独鈷《とっこ》で、桂川《かつらがわ》の流れの巌を掘ると湯が出たのだと言い伝える。

おのづからくぼめる岩を湯船にて
　いで湯あむなり伊豆の里人
　　　　　　　　　　（大口鯛二）
谷川や一つ流れの岩がねを
　いかに湧きたるいで湯なるらむ
　　　　　　　　　　（本居豊穎）

今もその岩を湯船としている。岩の上に石造の独鈷が立っている。天明年間に修善寺僧の大鼎和尚が作ったという。川岸から板を渡って岩へ行く。大正の初め頃はまだ四方硝子張りの湯殿であった。虎渓橋からも、岸からも、宿の窓からも、浴みする人が見えたろう。が、今は板格子張りだ。しかし、川瀬の浮見堂のような湯殿だ。湯口もその岩にあるので、湯の湧き出るさまが見られる。一たい修善寺の温泉は、角閃安山岩《かくせんあんざん》の岩脈の両端とその割れ目とから湧くのだそうだ。幅一町程のこの岩脈は、桂川を南北に横断していて、独鈷の湯はその西の端、少し川下の白糸滝は東の端にあたるのだそうだ。(八木昌平氏著「北豆小誌」による)

渓流の中の自然の岩の湯船は、ここと湯ケ島湯本館と、伊豆には二つしかないかと思う。湯ケ島のは石川寅治氏が描いた湯滝だ。しかし、これは竹の樋から岩へ湯を落したに過ぎないもの、独鈷の湯のように川瀬の岩から湧くのではない。そのかわり、湯殿のない露天、川向うはそそり立つ杉山、女は湯滝で髪が洗いたくなる爽かさだ。

「ぐるりに宿屋が立った川の中の湯になんか、白々しくって入れるものかね。」と、私は修善寺で笑った。

「しかしとにかく伊豆の名湯にはちがいないのだろう。」

「そうさ、古さから言ってもね。――修善寺には歴史つきの名湯が外にもある。例えば今の四方楼の杉の湯は、昔熊野神社の境内の神湯で、伊勢長氏が時々入りに来たんだそうだ。源頼家が殺されたのもこの湯だと言うし、また浅羽楼の湯だという説もあるんだが、弘法大師と同様あてになりゃしないよ。」

元久元年七月八日於浴室中被害。(鎌倉大日記)

修善寺にて、頼家入道をば善時藤馬と云郎党をして刺殺せしむ。頓には得とりつめざりければ、頸に緒をつけ、陰嚢を取りなどして殺しけりと聞えき。(愚管抄)

「芥川龍之介だったかの小説に、酒を飲んで温泉にじっとつかっていて、朝までのうちに自殺を果したというのがあるが、独鈷の湯を夜更けに覗いたら、そんな感じがするかもしれないね。新井旅館のあやめ湯という古風な湯船にも、尾崎紅葉がどうとかこうとかの話がある。」

小鳥の湯

谷川の湯の話で思い出した。

湯ケ島の夏、宿の客も村の子供も谷川の淵に泳ぎ戯れ、体が冷えると川原の岩の湯船で温まる。その湯船に人がいると、子供達は向うの岸の岩の間にしゃがみに行く。

「どうしてみんなあの岩へ行くの。」

「あすこに湯が少し出ているんです。冬になると小鳥がよくあすこへ下りるので、捕えようと思って行ってみると、お湯が湧いていたんです。そこへ私達が石を集めて、湯船を拵えたんです。小鳥の湯です。」

もとより、足首を入れるだけの湯だ。しかし、子供の答えは、遠い昔の温泉由来記を思わせる、ささやかな叙事詩だ。今の世では湯も金銭だ。伊豆の温泉場到るところに、温泉の権利争い、またその訴訟が絶え間ない。山師が金鉱を捜すように、温泉を試掘しては家をつぶす者が次から次だ。——その中に愛らしい歌一首の小鳥の湯。

出来湯

　この子供の温泉ごっこの小鳥の湯のように、いかにも自然に出来た感じの湯は、伊東の松原区の出来湯だ。寛永年間の発見という。湯船の底が道路と水平——つまり少しも掘り下げてないのが、よそには見られないこの湯の珍らしさだ。広々とした葦や茅の茂みの中に自然と湯が湧き出ていた。それを長さ二間ばかりの石材で桝形に囲んで湯船とした。こうして出来たのだという。だから、桝湯という通り名がある。底の砂利一面から、ぷつりぷつりと泡立って湧いている。湯の中に青みどろのようなものが生えていた。それを友人に覗かせて私は、

「ただ石を運んで来ただけの無技巧さが面白いし、それがまた湯の豊かな伊東を思わせてもいるじゃないか。」

　伊東は南、西、北の三方が天城、巣雲の火山に囲まれ、東が海に開けた、沖積層の海岸平地、一方里程の狭さだが、それでも伊豆の東海岸では最も広い野のある港、昔から伊豆七島へ出漁船の唯一つの避難港、そしてまた伊豆の温泉のうちでは広い方だ。ばかりでなく、大正十年には湯口が四百九十四箇所、それが大正十五年四月までには八百箇

所、松川のほとりから海岸へかけて、どこを突ついても湯が出ると言っていいくらいだが、とにかくこの数字だけでも分る通り、伊東は伊豆の温泉中で現在最も目覚しい発展を遂げつつある町だ。また、これからもそれが出来るであろう町だ。

修善寺温泉は既に老いた。東京山の手の屋敷町か、田舎の城下町かの古い落ちつきだ。温泉宿では新井へしか芸者が入らなかったが、今も変りはないかと思う。そんな風に家族向きだ。長岡温泉は明治四十年五月に大和館の主人が掘ったという新しさ、それから東京郊外の新開地のような勢いで宿屋が立ちならんだだけに、温泉場全体が安普請の借家の感じで話にならぬ。熱海は例えば古い呉服屋の越後屋が三越百貨店となった、花やかさと狭さ、もう満開近い花である。金を知った女である。いずれも発展の余地が少い。そこへゆくと、伊東が生き生きと動き出したのは、熱海から自動車道が開けた近年だ。豊かな処女地らしい面影はまだこの桝湯にも残っている。

吉奈の大湯

駿陽城畔一貴候得妻累年無子。参礼観音薩埵求一千蒙霊夢。欲得好子者往豆州浴吉奈霊湯必得一子。夫妻共歓来此郷浴場経半季得一子。

この古記通りに、子供が出来る湯として全国的に名高い温泉だ。京大阪からも子供ほしさに遥々と来る、女の湯だ。

昼見ねどあかぬ手弱女うばば玉の
　吉奈の里に誰とかぬらん　（小出粲）

男ばかりで吉奈へ行くと言えば、婦人客目あてかと冷かされる程に女の湯だ。宿屋で男を多く使っているのが目立つのも、女の湯だからだ。

母になりたい女の一念は、気ちがいじみて、時には物凄い怪しの火だ。——と今更胸を突かれる話を、この湯で聞くことがある。子を授ける松の大木があった。夜明け前などに女が人目を忍んで、この木を蛙のように抱きつきに来る。（それからは書けない。）それをまた、村の若者が盗見に行く。風儀をみだすとあって、この名物は十何年前に県庁の命令で切り倒されたそうだ。

「その材木で家が二軒も立ちやしたぜ。」と、湯ケ島の散髪屋の思い出話だった。

今も尚、東府屋の小さい柿の木には「子持柿」と立札がしてある。こんなものよりも、直ぐ傍の石楠花の大木――この花木の丈が特別に伸びると言われる天城、その山にもあるまい見上げるばかりの古木、大輪のつつじの花束のように咲き揃った驕りの春は、この一木の花を見るだけに吉奈へ行ってもいい、その石楠花をなぜ名物としないのか。

「吉奈って、ほんとうに子供の出来る温泉ですか。」と、大阪で聞かれたことがある。

「さあ、非常に温まるお湯だから女にいいにはちがいないでしょうが、実に皮肉なことがあるんです。東府屋とさか屋。この二軒しかない温泉宿に両方とも子供が出来なくて、貰い子なんですよ。」

七八箇所から湯が出ているが、子が授かるという名湯は大湯だ。聖武天皇の神亀元年に行基菩薩が勅令を奉じて、諸国巡遊の途すがら、この地に医王山善名寺を開き、薬師《やくし》瑠璃光如来《るりこうにょらい》の像を彫み、「然尊容安座後、忽湧出霊泉、異香四満矣。」と書き伝えられている。湯船は自然の石を素朴に組んで古風だ。小石の底から湧いている。しかし、一時間も沈んでいないと温まらぬぬるさ、子のほしい女のおつき合いは到底していられぬ。

この名湯のぬるさは吉奈の人気にかかわるとあって、二三年前に村人が底を掘り返そうとした。内湯をさわって貰うまいと、東府屋が苦情を言い出した。昔からの共同湯だと信じていた村人達は、夢かと驚いて調べて見ると、以前この湯のことで県庁へ何かの届出をした時、村の委任を受けた東府屋は自分一人の名義でしたのだ。それを村は今まで知らなかったのだ。そしてとうとう法廷の争いとなった。これは村方の言い分だ。東府屋の言い分は知らぬ。

しかし、例えば修善寺の新井旅館も町を相手の訴訟をしたことがある。湯ケ島の落合楼も村と争ったことがある。何が一流の温泉旅館にしたか。熱海では大きい旅館の陰に、貧しい町民が家賃や諸物価の暴騰に苦しんでいる。土地の繁栄のためには土地の娘を娼婦にして顧みぬところが多い。客が湯で温まっている時、宿の女中は指の霜焼けを縫針で突いている。彼女等の夜具や食物はどうだ。そんなことを知るようになれば、温泉情調も何もあったものではない。

世古湯

吉奈の大湯がぬるい今、猫越《ねっこ》、達磨の両火山に属する、狩野川とその支流の温泉のうちでは、昔から伊豆の人に知られた名湯である。二三年前に有田ドラック氏が天下の霊湯と折紙をつけた。湯ケ島の松崎街道から、急な石段を猫越川へ下りると、流れのほとりにある共同湯だ。近頃立派な湯殿が建って、山古い感じはなくなったが、谷の深さ、岩の大きさ、淵の青さ、流れの清さでは、伊豆のいわゆる名湯中の第一である。

夕かけてあみんとすれば奥山の
　いは根の湯つぼ月ぞ宿れる
（金子元臣）

友寝して猿と月見ん石の上
（也　有）

それは昔としても、湯の傍で鮎や山女が釣れる。湯船の底からぽこりぽこりと泡が出る。この泡に触れるのが体に効くと老人は言う。

こころせよ山女つる子ら早川の
　石つぶらなり苔もむしたり。
（金子元臣）

宝　温　泉

天城を南へ越えた奥伊豆にも温泉は多いが、異風の湯に数える程のものはない。下加茂と峰と吹上温泉は僅かにそれと言えようか。峰温泉は昭和二年の発見で、四十尺の高さに熱湯が噴き出すという。下加茂は古くからの湯だが、吹上温泉は大正十年頃に岩崎吉太郎氏が掘った新しさ、高さ三十尺、それを宝温泉と名づけた。噴泉はパラソルを箱に入れたように、高い箱形の筵か何かに包まれているが、その隙間から湯の霧が吹いているのを、私は遠くから見た。

またここには、温泉を利用したので名高い温室がある。やはり南伊豆でメロンの温室栽培に一生を送りたいという、園芸学校の学生に会った私は、

「あの温室はずいぶん広いが、正月に入ってみると、カアネエションの花ばかりでつまらなかったですよ。」

「でも、カアネエションはクリスマス時分に、一輪十銭十五銭するんですよ。」

「だとすると大したものだ。」

吉田松陰の蓮台寺温泉、曾我兄弟の谷津温泉、南伊豆で温泉場らしいのはこの二つと河内温泉だが、珍らしい湯船はない。

○

土肥温泉の洞窟じみたまぶの湯は入ったことがなく、また熱海の間歇泉《かんけつせん》は余りに知られているから書かない。

私の伊豆温泉記は以上につきるわけではない。天城の植物、鹿猟、熱海名物の情死、浴衣と女、温泉場の移動娼婦と旅芸人、下田の港、日本造船史と伊豆、幕末の江川太郎左衛門、狩野川、奥伊豆の港の風習、東海岸と西海岸、一大遊歩場または自動車のドライヴ場としての伊豆、いわゆる伊豆循環鉄道開通後の予想、湯の宿の女中の話——等々も書くつもりだったが、今は稿を新たにするより外はない。

「改造」昭和四年二月

伊豆行

天城の北の湯ケ島温泉、南の湯ケ野温泉などへ行くのは、三十五、六年ぶりであった。下田に泊るのは「伊豆の踊子」の旅以来だから、四十四、五年ぶりであった。今、吉永小百合さんの踊子で撮影をしている西河克己監督は「伊豆の踊子」を「時代劇」と言い、私は思いがけなかったが、西河さんの言う通りなのであろう。こんどの四晩泊りの旅のあいだ、私は三十五年前、四十五年前の話を多くしていた。そして今までよく生きていられたものだという気もした。小説の「伊豆の踊子」もよく生きて来たものだと思った。私もこの小説も今後なん年生きるのだろうか。

「伊豆の踊子」にはモデルがある。四十四、五年、消息は絶えているが、生きていれば、もう五十五歳から六十歳のあいだである。映画、ラジオ、テレビジョンに度重ねて使われたことを、彼女や旅芸人の一行の人たちは知っているのだろうか。いくつかの国語教科書にのっていることは、おそらく知らないであろう。「雪国」のモデルからも私にたよりはないが、モデル調べに行った好事家があって、その消息はおぼろげながら私にわかっている。私の小説のうちで、「伊豆の踊子」「雪国」が読者にもっとも愛されるところからも、私は小説にモデルのあることの強さを思わせられる。

「伊豆の踊子」は私の小説のなかでは、多く読まれ、広く知られている。それがかえって私を伊豆へ行きにくくしてしまった。この短編についてのはにかみ、その作者としてのはにかみのためである。伊豆へ行けば、私はまさしく「伊豆の踊子」の作者である、その羞恥のなかへ自分からはいることは避けたかった。しかし、伊豆天城あたりは私の第二の故郷のようでもあるので、存命中にもう一度だけでもおとずれたい思いはあった。「小説新潮」の「小説のふるさと」という連載もののために、伊豆へ行く勇気をつけてもらった。また、映画撮影中の日活にその機会をうながしてもらった。そして、行って来てよかったと思った。

下田まで開通した伊豆急の電車に乗るのははじめてであった。東京から三時間足らずで下田に着く。前は、天城から北を口伊豆と言い、南を奥伊豆と言ったものだが、今では南の下田が伊豆の入口になったようである。四十年あまり前の私は大仁駅から乗合馬車で湯ケ島へ行ったものであった。伊東下田間の電車の沿線でいちじるしく変ったのは、熱川と稲取などであろう。私の行ったむかしの熱川温泉は海ぎわへ下ったところに、温泉宿が数軒わびしくならんでいただけだったのが、今は上の方に湯が出て、そこが温泉場になっている。稲取の漁港も温泉場になっている。ほかにも私の知らぬ新しい温泉場がいくつかできている。西海岸の温泉は土肥一つだったのが、堂ケ島にも松崎にも温泉が出たらしい。

こんどの旅で、私たちは下田、湯ケ野、湯ケ島、土肥と四晩泊った。比較的むかしの姿を残している温泉場は、湯ケ野と土肥とであった。しかし、私たちが泊った土肥海岸の今井荘はホテル風に新築の日本宿で、エレベエタアがついていた。海岸に宿のできたのは近ごろのことであろう。湯ケ野の福田家は部屋を建て増したけれども、「伊豆の踊子」の旅の時泊った部屋が、少し改装されたとは言え、まだ残っていた。下田の東急ホテルから電話をかけると、ほんとですか（ほんとに川端か）と、福田屋の奥さんは思わず言った。私はそれほど長年伊豆へ行かなかったのである。むかし泊った時、この奥さんはまだ生まれてもいなかったのかもしれないが、近年に幾度か鎌倉の家へたずねて来てくれているし、猪の肉や山女や夏蜜柑のみやげをもらっている。猪の肉には爪がついたままで、そこがいいのだろうと私は教えられた。こんども私のために人を出して、河津川の上へ山女釣りに行かせてくれた。山女も少くなったそうで、その日は釣れなかったが、あくる朝も行かせて、山女をわざわざ湯ケ島の宿までとどけてくれた。その一尾は山女としては化けもののように大きくみごとであった。

湯ケ島の湯本館へは、二十代の私は十年ほど通いつづけて、長い逗留もしていたものだ。二十代の私がなぜそれほど山間の温泉にひかれ、そこにかくれるように月日を過したのか、今かえりみるとふしぎなようである。思い出は限りがない。どの部屋にも泊ったが、私がいちばん長くいた四畳半は四十年前のままに残されている。私はその小間の廊下に立ってのぞき、なかにはいるのはなにかこわいようであった。ほかの古い部屋は多少改装されて、それに新築の部屋がつけ足されている。宿の裏の渓流は狩野川の水害で様相が変っていた。私がこの温泉に通ったころ、多くの文学者が湯ケ島温泉に来たものであった。落合楼など古くからの温泉宿が大きくなり、新しい温泉宿が十軒ほどもふえているのにはおどろいた。

私たちは湯ケ島から吉奈温泉、船原温泉などを見、船原峠を越えて土肥温泉に行き、沼津へ出た。大潮岬にも寄り道した。土肥から沼津までの西海岸の道は、私にははじめてであった。また、湯ケ島の上の国士峠へ映画撮影を湯ケ野から見に行ったので、私たちは天城峠を三度越えた。晩春と初夏とのあいだで、伊豆の色のみどりは美しかった。天城から湯ケ島へおりる道に門のように八重桜が残っていた。つつじ、藤、桐、しゃくなげ、椿、れんげなどの花があった。

「風景」昭和三十七年十月

京都

山が見えない。山が見えない。近ごろ、私は京都の町を歩きながら、声なくそうつぶやいていることがある。東山、北山、西山、三方から京都を抱きつつむ山波が、古風な家並みの上や道のゆくてに、京都へ着いたとたんに見えて、心はなごみ静まる。私はヨオロッパでもアメリカでも、このようにこまやかな愛情とやさしい姿容の山に抱きつつまれた都会を見たことはない。ロオマの七つの丘よりいい。ところが、京都も高い洋館がふえるにつれて、山の見えぬ町なかがふえてきた。しかしまだいまは、町なかからも山の望めるところが多い。

このあいだ、中村錦之助さん、有馬稲子さん夫婦の新居をはじめて訪ねた。大河内伝次郎氏の通夜の日であった。嵯峨に近い新居の庭は、西に山のながめがひらけている。夕暮れる西山がいいと、有馬さんはいった。私も西山の夕色、暮色は、京の四季におりおりながめている。夕空、夕雲、落日に西方浄土からの来迎《らいごう》を、王朝以来の人が思ったと、私もむかしの人の思いをしのぶ時もあった。しかし新婚の美男美女には「御来迎」の話はしなかった。小学生の私は、夜明け前に家を抜け出て、村の東の端の山の上へ、日の出をひとりで見に行くことがよくあったものだ。子供がなぜそんなことをしたか、いまはおぼえていない。

私の村は京都と大阪とのあいだで、関西育ちのせいか、東京からの汽車（電車）が近江路にはいってやわらかい赤松の山が見えはじめると、不覚にも目がうるみそうになる。「通りざま故あるところの木立ちおもしろく」（源氏物語）、私は京都の木が好きである。都会の美しさはその都会の木によるところが大きい。狭い国土、高い地価でやむを得ないが、もしむかしの武蔵野をそのまま残して、林の木の間木の間に家を立てておいたら、東京も世界にもまれな美しい町となっていただろう。私は木が切られるのを見ると、わが身が切られるような痛みを感じる。私が軽井沢のお水端の地所を買ったのは、その入口に幾本かの柏の並ぶ形が音楽をかなで、姿のいい栗の大木があるからだった。その栗の枝が私に無断で無残に切られているのを見た時の悲憤は、長く忘れられない。木を切るな、木を植えよ、と私は日本の方々でつぶやいている。

日本の各地の老大木の写真を集めた古本があって、私はそのうちの木も幾つか見に行ったが、老木、大樹、名木は、深い永遠の象徴である。五百年、千年の木を前にして、私は人間の小さい命の短さを思い、大地の力の根に参じるのである。絵の二、三の例をあげると、速水御舟の「樹木」、東山魁夷氏の「樹根」、などからも、私は老大木の妖怪なほどの強さを感じる。

御舟には、福島繁太郎氏が「フランスの一流大家に比しても決して見劣りがしないと感動した」「名樹散椿《ちりつばき》」の絵もある。この春も私はその名樹の花を見に椿寺へ行くと、寺の若奥さんが、ことしの花は少し小さい、そばの道を通る車がふえて木が弱ったのか、木が年を取ったのか（樹齢四、五百年とかだが）と、心配顔でいっていた。京都は名木、老樹も都会としては多い。しかし、京都でも町や野山の木々がずいぶん切られてゆく。北山杉も見に行くたびに少なくなっている。これは材木に育てたものだからしかたがないけれども……。

「毎日新聞」昭和三十七年八月

旅のおもしろ

ロオマの中央郵便局にはあきれた。小包一つ出すのに二時間かかった。順番を待ったのではない。外国向け小包扱いのそこには、七、八人の客しかいなかった。アメリカ人も一時間半もかかったとぼやいていた。手続が煩瑣《はんさ》で、事務が悠長なのである。

まず、同じ書類を十五枚書かされる。一個の小包にどうして十五通もの同一書類がいるのか。客のなかに若い美人が二人いて、一人が片隅のテエブルで書きはじめたから、私はそばへ行って書き方をたずねた。書き入れ項目も多い。美人は私に教えながら、自分が書きこんでいくのを手本に見せてくれた。それでイギリス人とわかった。新鮮な魅力の顔で、小作りに愛らしい。

十五枚書き終えて窓口にもどると、もう一人の美人が私の背に立った。姿も顔もこの世の人でないようにエレガントである。抱えた荷物が重そうなので、私は手を出して受け取り窓口においた。

美人はにおうように顔をほころばせて、肩をやわらげた。

この美人二人のおかげで、私は二時間が長くはなかった。そして帰ろうとすると、局員が道まで私を追っかけてきた。三ところぐらいで金を払うので、私はそのどれかを払わずに出たのだ。あわてて私に走りついたのだけは、敏速な事務であった。

次の日、また小包を出しに行くと、窓口の老局員がイタリア語で私になにか話しかけた。アメリカ人の客がそばから通訳してくれた。三十リラくれるなら、あなたの書類を書いてあげると、老人はいっているのだそうだ。きのう私が書きわずらうのを気の毒とながめていたのか。三十リラは日本のわずか十八円だが、そんなことよりも私は楽しくなって頼んだ。そして見ていると、老局員はカアボン紙を使って書くから、十五枚もなんでもない。私は五十リラの小銭しかなく、それを老人に渡した。もちろん、つりはくれない。

チップのききめにおどろいたのは、カンヌからモナコへ行ってカジノにはいる時、私は一人で勝手がよくわからぬので、入口の番人に握らせた百フラン（切り下げ前の）だった。そのばくち場のとびらを出た私は、前の広場から道の遠くまで無数の車の駐車を見おろすと、自分の車をさがすのはたいへんだと思うまもなく、入口番の飾り服の老人が石段をかけおりて走って行った。道の遠くに見えなくなった。

しばらくして、私の車に乗ってもどってきてくれた。

車の番号か運転手の顔をおぼえておいたのか、駐車の所を見定めておいたのか。この番人のようなことは、よそでもあったが、人の口の端にものぼったのはパリの女である。

大使館や新聞社の人たち三、四人に小松清氏らと、シャンゼリゼエの夜を歩いていると、女が私を見つけて、さもうれしげに、さもなつかしげに、寄ってきて抱きついた。古垣大使づきの福永氏は物好きにもあともどりして女に聞いた。あの人は三百フランくれたと、女はいったそうだ。前の日の夜か、二、三日前の夜か、いまの私は忘れたが、一人夜歩きの私はその女に通りでつかまり、二百フランくれて、放してもらった。まちがいなく二百フランなのに、福永氏は女の三百フランの方を信じるかのようだった。それから一年か二年かの後、ヨオロッパ旅行帰りの津村秀夫氏に、あなたはシャンゼリゼエの街の女に五百フランくれたそうではないか、神さまのような人だと女はいっていると、私は聞かされた。二百、三百、そして五百、話とはこんなものだ。けれども、女が二百フランを三百フランといい、もし、さらに五百フランといいたくなったのなら、そして永いこと私をおぼえているのなら、娼婦らしいあわれな心根と思える。外国人は無意味に金をくれたりしない。

「毎日新聞」昭和三十七年八月

ニュウヨオクで

一所不住

八月七日、日曜日、ブラジルからニュウヨオクのホテルにもどって、もう五日目になり、旅のつかれも休まりましたので、帰国しようと思います。きょうのニュウヨオクは秋立つ気はいです。車の行き来の音のなかから馬のひずめの音が、部屋の窓へのぼって来ます。中央公園をめぐる遊覧馬車のたまり場が、このあたりなのです。六月、ニュウヨオクにいました時は、高校生の卒業祝いのパアティがこの近くのホテルなどにあって、可愛いイブニングの少女たちがボオイフレンドと夜ふけの馬車に乗るのを、私たちは噴水の前のベンチに腰かけてながめていたものです。馬車からおりて来る男の学生には、くちびるの染まったのもいたようです。少女たちははじめてゆるされたのかもしれない自由の一夜が楽しげでした。そんなことを思い出していると、私の旅も三月を越えたのがわかります。

こんどアメリカの空港につきますと、私のビザはきのうで切れていると、係官に言われました。旅券やビザなどは、必要な時係官に見せるものと考え、自分ではよく見もしませんから、なにが書いてあるのか、私は知らないのです。しかし、さいわい、私のアメリカ旅行の案内者、国務省通訳の青山さん夫妻が出迎えに来ていてくれたおかげか、「楽しい旅行をして下さい」と、入国をゆるされました。けれどもきょうなど、せっかく世界の都にいながら、どこへ行ってなにを見たいという気もなくて寝ころんでいますと、東京にいるのと同じで、とらえどころのない寂寞と厭離の思いが去来します。そして「一所不住」とつぶやいてみたりします。まだよく見ていない、この大都会に名残りはつきませんが、すでに一方では、きずなとなろうとするのでしょうか。旅愁でも郷愁でもありません。むしろそれらとは逆のもの、自分のなかのものです。

ニュウヨオクでカブキを見た時も、私は郷愁など感じませんでしたが、ただ一度、リオデジャネイロでインドの踊りを見た時は、郷愁を感じました。七月二十五日の夕方、イタリア文化協会のビュッフェから早く帰って、セラドオル・ホテルの玄関へはいろうとするところへ、インド代表（ロンドンに住む人で、ロンドンでも東京でも会っています。）が出て来て「おお、日本」と入場券を渡され、つれて行かれました。国立か市立かの劇場です。前にここでブラジル・オペラの「リゴレット」が特にペン大会のために上演されましたが、立派な劇場です。

インド舞踊は初日で、タキシイドの客が多く、女はイブニングに毛皮です。私はホテルへはいろうとするとたんにつれ出されたので、湯浅克衛君が船の長旅で持って来てくれた、タキシイドを着るただ一度の機会を失いました。一つへだてた席の若い女性から、ていねいにあいさつされましたが、だれだかわからなくて、どこの国から来ていられますかとたずねると、「私はブラジル人です。」という答で、ペン大会の事務の人だと気がつきました。盛装のせいで見ちがえたのです。このひとはサンパウロまでついて来ていた、ケリイ会長のお嬢さんでしょうか。インドの舞踊劇は音楽も踊りも、そうすぐれたものと思えませんでしたが、その東洋調に私は郷愁を誘われました。ことに終演のあとの拍手に答えて、踊り手たちが舞台にならんで長いあいだ合掌していたのが、私の胸にしみました。

一昨年の六月、沖縄へ行った時の「乙姫劇団」を思い出しました。女の座頭のほかは娘たちばかりの劇団で、高校出の女優が台本を書いたりしていました。石川という町に巡業中なのを、私は具志頭得助《ぐしちゃん》氏に那覇から車でつれて行ってもらいました。ほんとに田舎小屋でした。しかし、琉球舞踊はもちろんのこと、歌劇風な芝居にも、ふしぎな気品がありました。終演のあとで楽屋をたずねてから帰る時、小屋の出口でふと振りかえると、一座の全員が舞台にきちんとすわりならんで、私たちを見送っているのです。客席はもう空ですから、私たちだけを見送っていてくれたのです。私ははっと胸を打たれました。楽屋で別れのあいさつをすませたのですから、まったく思いがけなく、このような礼儀に出会ったことはありません。出口でなにげなく振りかえらねば、その見送りを気がつかずにしまったでしょう。

小さいレディ

さて、八月三日、ブラジリアでパン・アメリカンのジェットに乗りかえますと、例によってさっそく酒が出ます。私にはくやしいようなものです。酒はなんでも飲み放題なのに、わずか二十五セントのたばこ代は取られるので、りくつに合いません。私はしかたなくコカコオラをもらって、ぼんやりしていますと「これをお使いにならないのですか。」と、通路の向うの女の子が声を掛けました。「引っぱり出して、そして持ち上げるのです。」と教えてくれました。前の席のうしろから出す、小さい食卓のようなものです。私は同じようなジェットに三度乗るので、それはわかっていますが、面倒くさいから、右ひざにのせた小まくらの上にコップをおいて握っていたのです。しかしすぐ、女の子に言われた通りにしました。

その子供は六つぐらいでしょう。けれども私に教えてくれたいい方は「レディ」でした。おませというのとはちがいます。ニュウヨオクまでのあいだ、たわいなく眠ったり、絵をいたずらがきしたり、ほんの幼い子なのですが、私に教えてくれた時はレディで、そして教えてくれたあとは私にまったく無関心でした。前の席から母親がたびたび呼ぶので、セディという名だとわかりました。赤毛のかわいい子です。灰色の毛の姉は思春期の入り口らしくむっつりして、本ばかり読んでいました。母親も本を読み通していました。セディに年の近い兄は、上等のおもちゃのピストルやナイフのついたバンドをして、動きまわっていました。小さいレディにはニュウヨオク近郊でも会いました。青山さんの友人の美術学生（と言っても、大学を出てから彫刻や絵の勉強をはじめたのです。）のゼフの家へ呼ばれて行くと、シンディという妹がいました。シンディはよろこんで、きものに着かえて、日本の人形を抱いて、いっしょに写真をとってくれました。たびをはくと指は五本あるのだけれど二本のように見えるなどと言います。九つか十のあどけない子供で、昼飯の時など別の席でさきに食べました。ところが、午後、お父さんの運転で町を回ると、シンディが真剣に説明役をつとめつづけてくれるのに私は感心しました。小さなレディです。おませな気取りはみじんもありません。このシンディやセディも、アメリカのよい一面だと、私は思いました。

シンディの町はニュウヨオクから車で一時間半ばかり、美しい林のなかに家々があって、海に近いのです。ヨット・クラブへ行った時、シンディの足を見ると、さっきの白たびのままサンダルをつっかけていました。ヨットの船体を洗っている婦人が、「アメリカの女房はよく働きますよ。ごらんなさい、亭主は船のなかに寝ころんで本を読んでいます。」と大きい声で言って笑いました。

ジェット機

　ジェット機ですから三万フィートより上の空で、大アマゾン川を見渡して間もなく、私は眠ってしまいましたが、隣りのアメリカ人に、バンドをしめなさいと、ゆり起こされました。私は飛行機のなかでよく寝ます。羽田からシアトルの空で、朝の十時です、起きて下さいと、スチュワアデスに起こされ、シアトル、ワシントン間で、乗りかえですと、やはりスチュワアデスに起こされました。ボストンでした。

　ところが、ブラジリアからのジェットは、なんという国のなんという町へ着陸したのか、私にはさっぱりわかりませんでした。人に聞くのもしゃくです。窓からよく見ると、ピアルコという空港なのです。機のそとに出ると、熱帯らしくむっと暑いのです。待合室でいろんなものをながめても、トリニダッド国なのかジャマイカ国なのか、ちょっとわかりかねました。私は地図も時間表も見ないから、こういうことになります。待合室で、粗末な紺ズボンをはいた、混血の美しい娘を見て、日本へ行って映画にでも出たらどうかなどとは思っていました。一時間ほどで出発しました。はげしいにわか雨を突き抜けて、たちまち雲の上に出るジェット機は勇ましいものです。

北アメリカにはいってから夕焼け雲の帯がつづきました。日本の晩秋のような夕焼けの色、坂本繁二郎氏の昔の風景画にある夕焼けの色でした。しかし、大きいので、日本で見る時のようなうれいは感じません。ニュウヨオクに近づくにつれて、紺の山立つ雲は不気味に黒ずんで来ました。きょう、八月七日の夜は、澄んだ月が出て、公園から虫の音が聞こえて来るようです。

「朝日新聞」昭和三十五年八月

旅信抄

昭和三十五年五月七日（土曜日）、ワシントン、クラリッジ・ホテルより

旅支度いろいろありがとう。五日、ワシントンに着き、六日（昨日）、国務省分室の私のような旅行者の係りに会いに行くと、別の部屋から直ぐマアガレット・ウイリアムズさんが出て来てくれた。近所まで出て、お茶を御馳走になった。家へも行くことになるだろう。日米修交百年祭に吉田茂さんなどが来るので、いそがしい由。またフリイア美術館のケイヒルさん（夫婦で鎌倉の家に来て泊ったことがある。）から電話で、月曜日、九日、美術館で昼食を御馳走して、その後、館を案内すると言う。

二日シアトルに着いた翌々日、マッキイノさん（日本ペンでずっと前に会った、「芝で生れて神田で育ち」という人、日本文学と日本語を教えている。）を大学に訪ねると、例のパッシンさんも教師としていた。大学の食堂（日本の学生食堂とはあまりにちがう、立派なのにびっくりした。）で御馳走になり、その後、学生三十人ほどとの座談会があった。勿論マッキイノさんの通訳、パッシンさんの助言つき。私が「永井荷風の影響を受けていると思うが？」との質問は意外だった。夜は日系彫刻家の家で、マッキイノさんなどとすき焼きの御馳走になった上に、飛行場まで送ってもらった。

昨日、国務省の後で、日本大使館へ中山知子さんの妹婿の垣水さんを訪ねた。近所の庭園へ案内してもらった。今日は通訳の青山哲爾さん（京都大学出身、秀才らしい。他の日本人について旅行中だったのを、国務省が私のために呼びもどしてくれたという。奥さんはデザイナア。）の弟さんが、この市の大学にいて、車があるので、十一時（間もなくだ。）迎えに来て、市内見物やら、ドライブやらに、つれ出してくれる。ニュウヨオクのキインさんからも、こちらの国務省の私らの係りへ連絡が来ている。

旅の日程は、法外に楽にしてもらった。ニュウヨオク一カ月滞在、ワシントンは一週間滞在。金曜日も休養にした。土曜、日曜は勿論休みだから、一週間に三日休むということにきめた。二カ月の招待旅行にしては休日が多い。

来る時の飛行機でも、羽田を出て二、三時間後に眠り、スチュアデスに朝の十時ですと起された。シアトルを夜十一時に飛んで直ぐ眠り、夜なかの二時に乗換えですと起された。ホテルでも毎夜十時には眠っている。シアトルでは暖房だったのに、ワシントンの昨日は夏のようで冷房、ところが今朝はまた涼しい。私は冬のシャツを着通し。洋服の持って来かたをまちがえたかもしれない。シアトル、ワシントンのアメリカ人は大方地味で、男は黒がかった服。食いものもまずいと聞いて来たほどではない。安いものは味なく、高いものは味がある。そうはっきりしているようだ。

ロンドン、パリへはここから五、六時間で行けるのに、ブラジルへは日本へ行くほどの時間がかかるという。ブラジルのペン大会に行くか行かぬか、その時の風まかせで、今からきめることはない。とりあえず、安着無事のしらせまで。

五月十一日夜、クラリッジ・ホテルより

封入の写真は、一時間ほど前、若者たちのロッカンロオルの踊り場で、早取りに写してもらったもの。向って左、中山知子さんの妹さん夫婦。昨夜、日本料理屋で、「婦人公論」の三枝さんらもいっしょに御馳走になったので、今日はお返しのしるしというわけでもないが、魚料理屋へ誘った後で、写真のところへ寄った。夕方はウイリアムズさんを事務所にたずね、真珠はあの大きいのを一つあげた。風呂敷二枚につつんで。明後十三日に、ウイリアムズさんは日本料理を御馳走してくれるこころづもりだったらしいが、その日は青山さんの弟さんの運転で、十八里ほど離れた町の美術館へ行くことになっている。

ウイリアムズさんの事務所へ行く前は、フリイア美術館で、スタアンさん（蘭山竜泉堂さんと鎌倉の家へ来たことがある。）といっしょに倉庫にはいって、日本画を見せてもらった。宗達の松島屛風、乾山の団扇、光悦の茶碗、その他いろいろ。ちょうど北斎の素描が多く陳列されていて、私はその写生におどろいた。南画はなく、ほしいと、スタアンさんは言った。昨日と一昨日とは、ケイヒルさんが同じ倉で、二日つづけて、支那画を見せてくれた。ケイヒルさん夫妻が鎌倉の家に泊った時、Ｊさんから倪雲林の山水画を借りて来て、調査の便を計ったものだが、それと同じ倪雲林がここにもある。Ｊさんの所蔵の方が格段にいい。

十四日の土曜日、汽車で（四時間ほど）ニュウヨオクに立つはず。ニュウヨオクには四十日ほどいる予定。昨日は実に爽かな五月だったのに、夜から少し寒く、今日は外套を着て歩いた。私の来る前のワシントンは、九十何度までのぼったそうだ。不順なのだ。連日、国立美術館やフリイアで少し美術づかれ、（美術を多くの時間、多くの点数、見つづけるのは最もつかれる。）明日は一日なにもせずに休む。フリイア美術館を知らぬ運転手のタクシイに乗ったが、世界一大きいダイヤモンドのある、リンドバアクの飛行場のある、博物館の隣りと言ってみると、これでわかった。

ウイリアムズさんはまた日本の米大使館の文化部に帰して下さいよと言っていた。最もいいみやげは、奥さんとお嬢さんをアメリカにつれて来ることと。ニュウヨオクのペンから、私の旅行の世話事務所へ電話で、土曜日に着くなら、月曜から火曜に、私を客としてディナアの会を開くと。ありがたいことだが、後で会う人がふえたら困る。例によって地図も見ず、金も数えず、日程も自分では覚えず、気楽この上ない旅だ。ブラジルの会も七月の末とだけで、何日からか忘れた。


六月三日、ニュウヨオク、サン・モリッツ・ホテルより

昨夜、歌舞伎の初日、今朝の二大新聞の劇評で絶賛している。口を極めた名文で……。勧進帳と壺坂と籠つるべ、かごつるべはどうかと思ったが。ブロオドウェイの芝居は昨日から全部ストライキに入って、歌舞伎のためにはなおよい時となったとも言える。

今日、ファッション・ショオを見た。勘三郎さんの奥さんと時蔵さんも来て、一時間ほど見ていた。

鎌倉の家からは全く音沙汰ないの、どうしたことか。毎日気にかかる。私は風邪もひかず、腹もこわさず、太りました。そちらは病気でもしているのか。日本から手紙は四日ほどで着くのに。原稿を書いている時間はない。毎朝十時過ぎまでベッドにいるが。

六月十二日、ニュウヨオク、サン・モリッツ・ホテルより

昨日の誕生日の夕飯は、青山さん夫妻がアパアトで御馳走してくれた。花を添えるため、ニュウヨオク・シティ・バレエの踊子のサラとファッション・モデルのジュディの二人を呼んでおいてくれた。サラはニュウヨオク・シティ・バレエが東京などの日本公演の時、コオルド・バレエの先頭に立っていた踊子。来年また日本へ公演に行くそうだ。黄色いばらの花束を持って来てくれた。ジュディは非常な美人だが、まだ十九歳、五尺六、七寸ある。ファッション・モデルとしては姿勢がよ過ぎ（モデルは少し猫背のように首が前に出ていないといけない。）、歩き方もまだ上手でないらしい。地方から出て来てまだ半月ほどの由。こちらでは背の高いのは悩みの種だそうだ。（モデルなどは別だが。）背の低い娘の方が可愛がられる。背の低い人も少くなく、私なども背の低いことは一向気にならぬほどだ。

バアスデイ・ケイキに蝋燭を立てて、ハピイ・バアスデイを歌いながら、四人が隣室から出て来て、サラが三本のロウソクの一本ずつに、幸福のためにとか、健康のためにとか、うまい祝い言葉を言った。十時ごろ、四人が私のホテルに来て、二人の娘さんに英訳本をあげ、二人は帰ったが、私はまた青山さんのところへ、こんどの旅のカラア写真を見に引返したので、夜の二時過ぎにホテルへもどった。

昨日のひる、テッファニイ宝石店へ行って、さげ時計の裏に、「K・Y・一九六〇・六・一」と彫ることを頼んだ。先日、誕生日の自祝にと、このパテックを買ったのだが、テッファニイでは、一週間ほどさげてごらんになって、お気に入ったらお買い下さいと言った。一週間もさげて歩いてから返してもいいらしいのだ。(パテックなどは、ほかの店で売っているのを見ない。パアカアの六十でさえ、売っている店はあまりなく、使っている人はさっぱり見かけない。安物のボオル・ペンの人が多い。)

テッファニイから近代美術館にまわると、垣水さん夫妻がワシントンから来ているのに会った。先日来、登原夫人から度々電話があったが、ホテルを出ている時ばかりで、昨夜はじめて電話で話した。今朝の十一時の飛行機で帰国するそうだから、とうとう会えない。

みやげはなにも買っていない。東京の騒ぎにたいして、こちらに排日的表情はないようだ。しかし、アイクの安否は心配されている。今日は曇り日。十時から教会の鐘が鳴っている。十二日、日曜のひる、十二時過ぎ。

六月十四日、ニュウヨオク、サン・モリッツ・ホテルより

午後、メトロポリタン美術館へ行って、五時ごろ帰ったところ。日本の部屋へはいって正面いっぱいに、光琳の八ツ橋の屏風六曲一雙がひろがり、その横の壁に波の絵がある。「波」の方には光琳と作者の表示の札がある。そして紛れもない。ところが「八ツ橋」の方には表示の札が見あたらぬ。画題も作者名も示してない。はてといぶかって、私は「八ツ橋」の屏風を近くから見たり、遠くから見たりした。気のせいもあってか、少しどうかと思えるところも出て来る。美術館でも、光琳真作と断じかねて、名札をようつけないのかとかんぐってみたりする。名札がただその時紛失していたに過ぎないのかもしれないが、橋をはぶいた、大名作の「八ツ橋」の屏風にくらべて、橋のある、この「八ツ橋」の屏風が見劣りすることは、日本にある時から知られ、ニュウヨオクでの私の疑いは、頭に残りそうであった。

七時半から、猪熊弦一郎さんのところへ、夕飯をいただきに行く。

日本ペン・クラブでも議会のことにたいして、声明書を出したとのしらせ、今朝、ペンからの手紙にあった。私の個人的意見は、遠くの事情が十分に分らぬので保留ということにしておいた。

アイクが訪日の際、あまりに無謀な騒ぎ、また不祥事があれば、私はすぐ帰国するかもしれない。ブラジルのペン大会にも出席しないかもしれない。こちらは今のところ、日本に対し、日本人に対し、どうという感情の変化はまだない。

アイクの旅行は心配しているようだが。今日は湿気の重い曇り日、しかし涼しくて、その点は楽だ。私は太って来た。梅雨の折りからお大事に。娘のボストン交響楽団指揮者批評はおもしろく、こちらで私の記者会見があれば、それも話してみるかもしれない。

「批評」昭和四十二年四月

5

油

父は私の三歳の時死に、翌年母が死んだので、両親のことは何一つ覚えていない。母はその写真も残っていない。父は美しかったから写真が好きだったのかもしれないが、私が古里の家を売った時に土蔵の中で、いろんな年齢のを三四十種も見つけた。そして中学の寄宿舎にいた頃には一番美しく写った一枚を机の上に飾ったりしていたこともあったが、その後幾度も身の置きどころを変えるうちに、一枚残らず失ってしまった。写真を見たって何も思い出すことがないから、これが自分の父だと想像しても実感が伴わないのだ。父や母の話をいろんな人から聞かされても、親しい人の噂だという気が矢張りしないので、直ぐ忘れてしまう。

ある年の正月、大阪の住吉神社に詣って反橋《そりはし》を渡ろうとすると、幼い時この反橋を渡ったことがあるような気持がおぼろげに甦って来たので、私は連れの従姉に言った。

「子供の時分にこの橋を渡ったことがないかしら。なんだかそんな気がする。」

「そうね。あるかもしれないわ。お父さんが生きていらした時には、直ぐこの近くの浜寺や堺にいたことがあるのですもの、きっと連れて来て貰ってよ。」

「いいえ。一人で渡った気がするんだ。」

「だって、そんなはずがないじゃないの。三つや四つの子どもはあぶなくって、とてもこの反橋の上り下りは出来やしない。お父さんやお母さんに抱っこされていたんでしょう。」

「そうかなあ。一人で渡った気がするんだが。」

「お父さんが亡くなった時は子供だったのね。家が賑かになったのを、あんた喜んでいたわ。それでも棺に釘を打たれるのは嫌だったのか、どうしても釘を打たせようとしないので、みんなそりゃ困ったのよ。」

また、私が高等学校に入学して東京に来ると、十何年振りで会った伯母が私の成人を驚いて言った。

「親はなくとも子は育つ。お父さんやお母さんが生きていたらどんなに喜ぶだろうね。お父さんやお母さんが死んだ時には、無理を言って困った。仏の前で叩く鉦の音を大変嫌がって、その音を聞くと泣きむずかるもんだから、鉦は叩かないことにしたんだよ。

その上仏壇の燈明を消せと言うんだもの。消すばかりでなしに、蠟燭を折ってしまうし、かわらけの油を庭に流してしまうまで、瘠を鎮めないんだからね。お父さんの葬式にはお母さんが泣いて怒っていた。」

従姉から聞いたような、父の葬式で家が賑かになったのを私が喜んでいたことや、また、棺に釘を打たせまいとしたことも、ちっとも覚えていない。ところが、伯母の話にはこちらが忘れていた幼な友だちに声を掛けられたような親しみを感じた。かわらけを持ち手を油で汚している幼い私の泣面が浮んで来た。この話を聞くと直ぐに古里の庭の木斛《もくこく》の木が私の心に見えた。十六七まで毎日私はその木に登り、幹の上へ猿のように坐って本を読んでいたのだった。

「油を零《こぼ》したのは、あの木斛と向い合った座敷の縁側の手洗鉢の横だった。」なぞということまで思い出した。しかし考えると、父母の死んだのは大阪の近くの淀川べりの家だ。今思い描くのは淀川から四五里北の山村の家の縁先だ。父母が死ぬと間もなく淀川べりの家を毀して古里へ帰ったので、川べりの家のことは少しも覚えていないから、油を零したのも山の家らしく思われるのだろう。それから、場所も手洗鉢の横とは限らないし、かわらけは私の手にあるよりも母や祖母が持っているほうが自然である。また、父の時と母の時との二度が一度として、或は同じことの繰り返しとしてしか思い浮べられない。細かいことは伯母も忘れている。私が記憶と思うものは多分空想なのだろう。しかし私の感情は却ってこの怪しいなり曲ったなりを真実として懐しみ、人聞きなのを忘れて自分の直接の記憶であるかのような親しみを感じている。

――この話は生命あるかのように不思議な働きを私の上に加えた。

父母の死の三四年後に祖母が死んだ時とか、またその三四年後に姉が死んだ時とか、そのほか、折々私を仏壇に礼拝させる度毎に、祖父は必ず燈心の灯を蠟燭につけ変える習慣だった。このことは伯母の話を耳にするまで、なぜ祖父がそうするのかとも訝《いぶか》らずに、ただその事柄として頭に残っていた。私は何も生来鉦の音とか油の灯とかが嫌いだったのではあるまい。祖母や姉の葬式の時分には、父や母の葬式に油を捨てさせたことを忘れて、燈心の燈明でも平気でいたかもしれない。しかし、祖父は油の燈明を私に礼拝させはしなかった。そして伯母の話を聞いて初めて私は、このことのうちに含まれた祖父の悲しみを知ることが出来たのだった。――可笑しいことには伯母の話によると私は父母の葬式に蠟燭を折り油を庭に流したのに、祖父は明りを蠟燭に移している。私も油を流したのはぼんやりと思い浮ぶが、蠟燭を折ったのはちっとも覚えていない。蠟燭のほうは多分伯母が記憶の誤りか話の調子で誇張したのだろう。また祖父は仏前の油の灯こそ私に見せなかったが、私が中学に入る頃まで二人は油の灯で暮していたのだった。祖父は自分が半盲で明るくても暗くても大した変りがないために、古風の行燈を石油ランプ代りに使っていたのだ。

私は虚弱な父の体質を受けた上に月足らずで生れたので、生育の見込みがないように見えた。小学に通う頃まで米の飯を食べないような有様だった。嫌いな食物が多い中でも、菜種油の臭いのする物を口に入れると、きまって吐いた。小さい時鶏卵の焼いたのは落焼でも巻焼でも非常に好きだったが、焼く時鍋に菜種油を引くことを思うと、焼けてから臭いがしなくても嫌だった。鍋についていた表面をきっと祖母か女中かに剥《む》かせてから食べた。食の進まない私のために、この面倒は毎日繰り返されていた。またある時、行燈の油が一滴沁みた着物をなんと言われても二度と着ようとせず、そこを初り抜きつぎを当てさせてから、やっと気味悪そうに手を通したことがあった。今日まで私は油臭いのに敏感だった。単純に油の臭いが嫌いのつもりでいた。しかし伯母の話を聞いて初めて私は、このことのうちに含まれた私の悲しみを知ることが出来たのだった。仏前の油の灯を嫌がった私に父母の死は油の臭いとして沁み込んでいたのかもしれないのだ。また油嫌いの我儘を許してくれた祖父母の気持も、伯母の話から初めて想像出来たというものだ。

これらのことを伯母の話ではたと思い当った時に、ふとある夢が記憶の底から這い上って来た。子供の頃山の神社の祭に見た御百燈のように灯が一つ一つついた土のかわらけが沢山並んで虚空にぶら下っている。撃剣の先生――実は悪党が私をその灯の前へ連れて行って言う。

「竹刀《しない》でこのかわらけを真っ二つに破ることが出来たら十分腕が達者だから、剣道の極意を授けてやる。」

太い竹刀で素焼の皿を打ち下すのだから、こなごなに壊れて仲々真二つにはならない。脇目もせず皆叩き毀してしまって、はっと我に返った時には、灯が一つ残らず消え、あたりが暗闇となっている。と、剣術者が忽ち悪党の本性を現わし、私が逃げる。目が覚める。

私はこれに似た夢を度々見ることがあった。この夢も伯母の話から考えてみれば、幼い時父母を失った痛手が、私の内に潜んでいて、その痛手に対して矢張り私の内の何ものかが戦っている気持の現われだったのだ。

連絡もなく記憶していたことが、伯母の話を聞くと同時に、こんな風に一点に馳せ集って、お互いに挨拶を交し共通な身元を親しげに語り合うのを感じると、私は自然に心が生き生きと明るんで来た。――幼い時肉親達に死別れたことが私に与えた影響に就て改めて考えてみたい心持になった。

私も少年時代には、父の写真を机の上に飾っていたように、「孤児の甘い悲哀」を甘い涙で悲しみ、それを訴える手紙を男や女の友だちに書いた。

しかし間もなく、孤児の悲哀が何物だか少しも分っていない、と言うよりも、分るはずがないのだと省るようになった。両親が生きていたらこうだが、死んだからこうなったのだと、この二つのことがはっきり分ってこそ孤児の悲しみだが、事実死んでいるのだから、生きていたらどうだったかは神だけが知っているのだ。若し生きていたら更に不幸なことがなかったとも限らないではないか。それなら顔も知らない父母の死のために流す甘い涙は幼稚な感傷の遊戯なのだ。しかし痛手にはちがいない。この痛手は自分が年を取って一生を振り返った時に初めてはっきりするだろう。その時までは、感情の因習や物語の模倣で悲しむものかと思った。

そして私の心は張りつめていた。

しかし、そうした意気張りが却って私をいびつなものにしていることを、高等学校の寄宿寮で私の生活が自由にのびのびとして来た頃から気づき初めた。そうした心が私の心の傷や弱身を意固地にかばうほうにばかり働いていたのだ。悲しむべきを素直に悲しみ、寂しむべきを素直に寂しみ、その素直さを通してその悲しみや寂しみを癒すことの邪魔をしていたのだ。前々から私は、明らかに幼い時から肉親の愛を受けないことに原因している恥ずべき心や行を認めて人生が真暗になることが度々ある。そんな場合、「ええい。」と投げ出したくなる心持を殺し、静かに自分を哀むように傾いて来た。劇場や公園やいろんな場所で幸福な家庭の親兄姉《おやあにあね》に連れられた子供とか、子供らしい子供同士でいるのとかに、何気なく見惚れ、見惚れている自分を見出してほろりとし、ほろりとする自分を見出して、「馬鹿」と叱ることがあった。しかし、その叱る自分がいけないのだと思うようになった。

父の三四十枚の写真を何時となくすっかりなくしてしまったように、死んだ肉親なぞにはこだわらなくなればいいのだ。孤児根性が自分にあるなぞと反省しなければいいのだ。

「まことに美しい魂を自分は持っている。」

ひそかに抱いているこの気持を余計な反省の蔭にいじけさせずに、野方図に青空へ解放してやればいいのだ。こんな風な気持で二十歳の私は人生の明るい広場へ出て来た。幸福に近づきつつあるような気がして来た。ちょっとした幸福にも我ながら呆れるほど有頂天になるようになってきた。私は自分に問うのだ。

「これでいいのか。」

「幼少年時代を幼少年らしく過さなかったのだから、今は子供のように喜んでよろしい。」

こう答えて自分を見逃してやるのだ。やがて来る素晴らしい幸福一つで、私は孤児根性からすっかり洗われそうにさえ思える。永い病院生活を逃れた予後の人が初めて目にする緑の野のように、その時は人生が見えるだろうと待ち遠しい。

こんな風に気持が移って来た私には、伯母からの話を聞き、あれらのことを思い当った瞬間が生きていた。父母の死で受けた痛みの一つから忽然助かったなと直覚したからだ。ためしに、菜種油臭いものを食べてみようと思い立った。そして不思議に食べられるようになった。種油を買って来て指先につけ、なめてみたりした。臭いも敏感に鼻に来るが気にならなくなった。

「この調子。この調子。」と私は叫ぶ。

この変化もいろんな風に考えられる。父母の死とはなんの関係もなく生来油が嫌いだったのに、助かったなと喜ぶ心が打ち勝って、なんでもなくなったとも言える。しかし、父母の死を悲しむ心がふと仏前の燈明に宿り、その油を庭に棄てたことから油を憎むようになり、その因果関係を忘れながらも油を嫌っていたのが、父母の話で偶然原因と結果とが結びついたためだと、無理にも言いたい。

「油からだけは助かりましたよ。」と、痛手の一つを実に明かに癒した証拠として信じたいのだ。

幼い時肉親達に死別したことが私に与えた影響は、私が人の夫となり人の親となり、肉親達に取り囲まれるまで消えるはずがないとも考える。不断の浄心も大切だ。しかし、この油のようにひょいとした機会で、私の心のいびつから助かることも、第二第三と続かないとも限らないだろうと望んでいる。

人並の健康になり、長生きし、魂を高く発展させて、自分一生の仕事を果したい希望が増増強く働いている。油のことで浮き浮きした拍子に、身体のために肝油を飲んでやろうと微笑み、この油臭いものが毎日咽を通るようになった。しかも飲む度に、亡き肉親達の冥護が私の身に加わっているような気さえする。

祖父も死んでから十年近くなる。

「明るくなりましたね。」

こう言って、肉親達の仏前に油の御百燈を花々と献じてやりたいものだ。

「新思潮」大正十年七月

伊豆の踊子

一

道がつづら折りになって、いよいよ天城峠《あまぎとうげ》に近づいたと思う頃、雨脚が杉の密林を白く染めながら、すさまじい早さで麓から私を追って来た。

私は二十歳、高等学校の制帽をかぶり、紺飛白《こんがすり》の着物に袴をはき、学生カバンを肩にかけていた。一人伊豆の旅に出てから四日目のことだった。修善寺温泉に一夜泊り、湯ケ島温泉に二夜泊り、そして朴歯《ほおば》の高下駄で天城を登って来たのだった。重なり合った山々や原生林や深い渓谷の秋に見惚れながらも、私は一つの期待に胸をときめかして道を急いでいるのだった。そのうちに大粒の雨が私を打ち始めた。折れ曲った急な坂道を駈け登った。ようやく峠の北口の茶屋に辿りついてほっとすると同時に、私はその入口で立ちすくんでしまった。余りに期待がみごとに的中したからである。そこに旅芸人の一行が休んでいたのだ。

突っ立っている私を見た踊子が直ぐに自分の座蒲団を外して、裏返しに傍へ置いた。

「ええ……。」とだけ言って、私はその上に腰を下した。坂道を走った息切れと驚きとで、「ありがとう。」という言葉が咽にひっかかって出なかったのだ。

踊子と真近に向い合ったので、私はあわてて袂から煙草を取り出した。踊子がまた連れの女の前の煙草盆を引き寄せて私に近くしてくれた。やっぱり私は黙っていた。

踊子は十七くらいに見えた。私には分らない古風の不思議な形に大きく髪を結っていた。それが卵形の凛々しい顔を非常に小さく見せながらも、美しく調和していた。髪を豊かに誇張して描いた、稗史《はいし》的な娘の絵姿のような感じだった。踊子の連れは四十代の女が一人、若い女が二人、ほかに長岡温泉の宿屋の印半纏《しるしばんてん》を着た二十五六の男がいた。

私はそれまでにこの踊子たちを二度見ているのだった。最初は私が湯ケ島へ来る途中、修善寺へ行く彼女たちと湯川橋の近くで出会った。その時は若い女が三人だったが、踊子は太鼓を提げていた。私は振り返り振り返り眺めて、旅情が自分の身についたと思った。それから、湯ケ島の二日目の夜、宿屋へ流して来た。踊子が玄関の板敷で踊るのを、私は梯子段の中途に腰を下して一心に見ていた。——あの日が修善寺で今夜が湯ケ島なら、明日は天城を南に越えて湯ケ野温泉へ行くのだろう。天城七里の山道できっと追いつけるだろう。そう空想して道を急いで来たのだったが、雨宿りの茶屋でぴったり落ち合ったものだから、私はどぎまぎしてしまったのだ。

間もなく、茶店の婆さんが私を別の部屋へ案内してくれた。平常用わないらしく戸障子がなかった。下を覗くと美しい谷が目の届かない程深かった。私は肌に粟粒を拵え、かちかちと歯を鳴らして身顫いした。茶を入れに来た婆さんに、寒いと言うと、

「おや、旦那様はお濡れになってるじゃございませんか。こちらで暫くおあたりなさいまし、さあ、お召物をお乾かしなさいまし。」と、手を取るようにして、自分たちの居間へ誘ってくれた。

その部屋は炉が切ってあって、障子を明けると強い火気が流れて来た。私は敷居際に立って躊躇した。水死人のように全身蒼ぶくれの爺さんが炉端にあぐらをかいているのだ。瞳まで黄色く腐ったような眼を物憂げに私の方へ向けた。身の周りに古手紙や紙袋の山を築いて、その紙屑のなかに埋もれていると言ってもよかった。到底生物《いきもの》と思えない山の怪奇を眺めたまま、私は棒立ちになっていた。

「こんなお恥かしい姿をお見せいたしまして……。でも、うちのじじいでございますから御心配なさいますな。お見苦しくても、動けないのでございますから、このままで堪忍してやって下さいまし。」

そう断わってから、婆さんが話したところによると、爺さんは長年中風を患って、全身が不随になってしまっているのだそうだ。紙の山は、諸国から中風の養生を教えて来た手紙や、諸国から取り寄せた中風の薬の袋なのである。爺さんは峠を越える旅人から聞いたり、新聞の広告を見たりすると、その一つをも洩らさずに、全国から中風の療法を聞き、売薬を求めたのだそうだ。そして、それらの手紙や紙袋を一つも捨てずに身の周りに置いて眺めながら暮して来たのだそうだ。長年の間にそれが古ぼけた反古《ほご》の山を築いたのだそうだ。

私は婆さんに答える言葉もなく、囲炉裏の上にうつむいていた。山を越える自動車が家を揺すぶった。秋でもこんなに寒い、そして間もなく雪に染まる峠を、なぜこの爺さんは下りないのだろうと考えていた。私の着物から湯気が立って、頭が痛む程火が強かった。婆さんは店に出て旅芸人の女と話していた。

「そうかねえ。この前連れていた子がもうこんなになったのかい。いい娘《あんこ》になって、お前さんも結構だよ。こんな綺麗になったのかねえ。女の子は早いもんだよ。」

小一時間経つと、旅芸人たちが出立つらしい物音が聞えて来た。私も落着いている場合ではないのだが、胸騒ぎするばかりで立ち上る勇気が出なかった。旅馴れたと言っても女の足だから、十町や二十町後れたって一走りに追いつけると思いながら、炉の傍でいらいらしていた。しかし踊子たちが傍にいなくなると、却って私の空想は解き放たれたように生き生きと踊り始めた。彼等を送り出して来た婆さんに聞いた。

「あの芸人は今夜どこで泊るんでしょう。」

「あんな者、どこで泊るやら分るものでございますか、旦那様。お客があればあり次第、どこにだって泊るんでございますよ。今夜の宿のあてなんぞございますものか。」

甚だしい軽蔑を含んだ婆さんの言葉が、それならば、踊子を今夜は私の部屋に泊らせるのだ、と思った程私を煽り立てた。

雨脚が細くなって、峰が明るんで来た。もう十分も待てば綺麗に晴れ上ると、しきりに引き止められたけれども、じっと坐っていられなかった。

「お爺さん、お大事になさいよ。寒くなりますからね。」と、私は心から言って立ち上った。爺さんは黄色い眼を重そうに動かして微かにうなずいた。

「旦那さま、旦那さま。」と叫びながら婆さんが追っかけて来た。

「こんなに戴いては勿体のうございます。申訳ございません。」

そして私のカバンを抱きかかえて渡そうとせずに、幾ら断わってもその辺まで送ると言って承知しなかった。一町ばかりもちょこちょこついて来て、同じことを繰り返していた。

「勿体のうございます。お粗末いたしました。お顔をよく覚えて居ります。今度お通りの時にお礼をいたします。この次もきっとお立ち寄り下さいまし。お忘れはいたしません。」

私は五十銭銀貨を一枚置いただけだったので、痛く驚いて涙がこぼれそうに感じているのだったが、踊子に早く追いつきたいものだから、婆さんのよろよろした足取りが迷惑でもあった。とうとう峠のトンネルまで来てしまった。

「どうも有難う。お爺さんが一人だから帰って上げて下さい。」と私が言うと、婆さんはやっとのことでカバンを離した。

暗いトンネルに入ると、冷たい雫がぽたぽた落ちていた。南伊豆への出口が前方に小さく明るんでいた。

二

トンネルの出口から白塗りの棚に片側を縫われた峠道が稲妻のように流れていた。この模型のような展望の裾の方に芸人達の姿が見えた。六町と行かないうちに私は彼等の一行に追いついた。しかし急に歩調を緩めることも出来ないので、私は冷淡な風に女達を追い越してしまった。十間程先きに一人歩いていた男が私を見ると立ち止った。

「お足が早いですね。——いい塩梅《あんばい》に晴れました。」

私はほっとして男と並んで歩き始めた。男は次ぎ次ぎにいろんなことを私に聞いた。二人が話し出したのを見て、うしろから女たちがばたばた走り寄って来た。

男は大きい柳行李を背負っていた。四十女は小犬を抱いていた。上の娘が風呂敷包、中の娘が柳行李、それぞれ大きい荷物を持っていた。踊子は太鼓とその枠を負うていた。四十女もぽつぽつ私に話しかけた。

「高等学校の学生さんよ。」と、上の娘が踊子に囁いた。私が振り返ると笑いながら言った。

「そうでしょう。それくらいのことは知っています。島へ学生さんが来ますもの。」

一行は大島の波浮《はぶ》の港の人達だった。春に島を出てから旅を続けているのだが、寒くなるし、冬の用意はして来ないので、下田に十日程いて伊東温泉から島へ帰るのだと言った。大島と聞くと私は一層詩を感じて、また踊子の美しい髪を眺めた。大島のことをいろいろ訊ねた。

「学生さんが沢山泳ぎに来るね。」と、踊子が連れの女に言った。

「夏でしょう。」と、私が振り向くと、踊子はどぎまぎして、

「冬でも……。」と、小声で答えたように思われた。

「冬でも？」

踊子はやはり連れの女を見て笑った。

「冬でも泳げるんですか。」と、私がもう一度言うと、踊子は赤くなって、非常に真面目な顔をしながら軽くうなずいた。

「馬鹿だ。この子は。」と、四十女が笑った。

湯ケ野までは河津川の渓谷に沿うて三里余りの下りだった。峠を越えてからは、山や空の色までが南国らしく感じられた。私と男とは絶えず話し続けて、すっかり親しくな

った。荻乗《おぎのり》や梨本なぞの小さい村里を過ぎて、湯ケ野の藁屋根が麓に見えるようになった頃、私は下田まで一緒に旅をしたいと思い切って言った。彼は大変喜んだ。

湯ケ野の木賃宿の前で四十女が、ではお別れ、という顔をした時に、彼は言ってくれた。

「この方はお連れになりたいとおっしゃるんだよ。」

「それは、それは。旅は道連れ、世は情。私たちのようなつまらない者でも、御退屈しのぎにはなりますよ。まあ上ってお休みなさいまし。」と無造作に答えた。娘達は一時《いちどき》に私を見たが、至極なんでもないという顔で黙って、少し羞かしそうに私を眺めていた。

皆と一緒に宿屋の二階へ上って荷物を下した。畳や襖も古びて汚なかった。踊子が下から茶を運んで来た。私の前に坐ると、真紅になりながら手をぶるぶる顫わせるので茶碗が茶托から落ちかかり、落すまいと畳に置く拍子に茶をこぼしてしまった。余りにひどいはにかみようなので、私はあっけにとられた。

「まあ！　厭らしい。この子は色気づいたんだよ。あれあれ……。」と、四十女が呆れ果てたという風に眉をひそめて手拭を投げた。踊子はそれを拾って、窮屈そうに畳を拭いた。

この意外な言葉で、私はふと自分を省みた。峠の婆さんに煽り立てられた空想がぽきんと折れるのを感じた。

そのうちに突然四十女が、

「書生さんの紺飛白はほんとにいいねえ。」と言って、しげしげ私を眺めた。

「この方の飛白は民次と同じ柄だね。ね、そうだね。同じ柄じゃないかね。」

傍の女に幾度も駄目を押してから私に言った。

「国に学校行きの子供を残してあるんですが、その子を今思い出しましてね。その子の飛白と同じなんですもの。この節は紺飛白もお高くてほんとに困ってしまう。」

「どこの学校です。」

「尋常五年なんです。」

「へえ、尋常五年とはどうも……。」

「甲府の学校へ行ってるんでございますよ。長く大島に居りますけれど、国は甲斐の甲府でございましてね。」

一時間程休んでから、男が私を別の温泉宿へ案内してくれた。それまでは私も芸人達と同じ木賃宿に泊ることとばかり思っていたのだった。私達は街道から石ころ路や石段を一町ばかり下りて、小川のほとりにある共同湯の横の橋を渡った。橋の向うは温泉宿の庭だった。

そこの内湯につかっていると、後から男がはいって来た。自分が二十四になることや、女房が二度とも流産と早産とで子供を死なせたことなぞを話した。彼は長岡温泉の印半纏を着ているので、長岡の人間だと私は思っていたのだった。また顔付も話振りも相当知識的なところから、物好きか芸人の娘に惚れたかで、荷物を持ってやりながらついて来ているのだと想像していた。

湯から上ると私は直ぐに昼飯を食べた。湯ケ島を朝の八時に出たのだったが、その時はまだ三時前だった。

男が帰りがけに、庭から私を見上げて挨拶をした。

「これで柿でもおあがりなさい。二階から失礼。」と言って、私は金包みを投げた。男は断わって行き過ぎようとしたが、庭に紙包みが落ちたままなので、引き返してそれを拾うと、

「こんなことをなさっちゃいけません。」と抛り上げた。それが藁屋根の上に落ちた。私がもう一度投げると、男は持って帰った。

夕暮からひどい雨になった。山々の姿が遠近を失って白く染まり、前の小川が見る見る黄色く濁って音を高めた。こんな雨では踊子達が流して来ることもあるまいと思いながら、私はじっと坐っていられないので二度も三度も湯にはいってみたりしていた。部屋は薄暗かった。隣室との間の襖を四角く切り抜いたところに鴨居から電燈が下っていて、一つの明りが二室兼用になっているのだった。

とんとんとんとん、激しい雨の音の遠くに太鼓の響きが微かに生れた。私は掻き破るように雨戸を明けて体を乗り出した。太鼓の音が近づいて来るようだった。雨風が私の頭を叩いた。私は眼を閉じて耳を澄まし乍ら、太鼓がどこをどう歩いてここへ来るかを知ろうとした。間もなく三味線の音が聞えた。女の長い叫び声が聞えた。賑かな笑い声が聞えた。そして芸人達は木賃宿と向い合った料理屋のお座敷に呼ばれているのだと分った。二三人の女の声と三四人の男の声とが聞き分けられた。そこがすめばこちらへ流して来るのだろうと待っていた。しかしその酒宴は陽気を越えて馬鹿騒ぎになって行くらしい。女の金切声が時々稲妻のように闇夜に鋭く通った。私は神経を尖らせて、いつまでも戸を明けたままじっと坐っていた。太鼓の音が聞える度に胸がほうと明るんだ。

「ああ、踊子はまだ宴席に坐っていたのだ。坐って太鼓を打っているのだ。」

太鼓が止むとたまらなかった。雨の音の底に私は沈み込んでしまった。

やがて、皆が追っかけっこをしているのか、踊り廻っているのか、乱れた足音が暫く続いた。そして、ぴたりと静まり返ってしまった。私は眼を光らせた。この静けさが何であるかを闇を通して見ようとした。踊子の今夜が汚れるのであろうかと悩ましかった。

雨戸を閉じて床にはいっても胸が苦しかった。また湯にはいった。湯を荒々しく掻き廻した。雨が上って、月が出た。雨に洗われた秋の夜が冴え冴えと明るんだ。跣《はだし》で湯殿を抜け出して行ったって、どうとも出来ないのだと思った。二時を過ぎていた。

三

翌る朝の九時過ぎに、もう男が私の宿に訪ねて来た。起きたばかりの私は彼を誘って湯に行った。美しく晴れ渡った南伊豆の小春日和で、水かさの増した小川が湯殿の下に暖かく日を受けていた。自分にも昨夜の悩ましさが夢のように感じられるのだったが、私は男に言ってみた。

「昨夜は大分遅くまで賑かでしたね。」

「なあに。聞えましたか。」

「聞えましたとも。」

「この土地の人なんですよ。土地の人は馬鹿騒ぎをするばかりでどうも面白くありません。」

彼が余りに何げない風なので、私は黙ってしまった。

「向うのお湯にあいつらが来ています。——ほれ、こちらを見つけたと見えて笑っていやがる。」

彼に指されて、私は川向うの共同湯の方を見た。湯気の中に七八人の裸体がぼんやり浮んでいた。

仄暗い湯殿の奥から、突然裸の女が走り出して来たかと思うと、脱衣場の突鼻に川岸へ飛び下りそうな恰好で立ち、両手を一ぱいに伸して何か叫んでいる。手拭もない真裸だ。それが踊子だった。若桐のように足のよく伸びた白い裸身を眺めて、私は心に清水を感じ、ほうっと深い息を吐いてから、ことこと笑った。子供なんだ。私達を見つけた喜びで真裸のまま日の光の中に飛び出し、爪先きで背一ぱいに伸び上る程に子供なんだ。私は朗らかな喜びでことことと笑い続けた。頭が拭われたように澄んで来た。微笑がいつまでもとまらなかった。

踊子の髪が豊か過ぎるので、十七八に見えていたのだ。その上娘盛りのように装わせてあるので、私はとんでもない思い違いをしていたのだ。

男と一緒に私の部屋に帰っていると、間もなく上の娘が庭へ来て菊畑を見ていた。踊子が橋を半分程渡っていた。四十女が共同湯を出て二人の方を見た。踊子はきゅっと肩をつぼめながら、叱られるから帰ります、という風に笑って見せて急ぎ足に引き返した。四十女が橋まで来て声を掛けた。

「お遊びにいらっしゃいまし。」

「お遊びにいらっしゃいまし。」

上の娘も同じことを言って、女達は帰って行った。男はとうとう夕方まで坐り込んでいた。

夜、紙類を卸して廻る行商人と碁を打っていると、宿の庭に突然太鼓の音が聞えた。私は立ち上ろうとした。

「流しが来ました。」

「ううん、つまらない、あんなもの。さ、さ、あなたの手ですよ。私ここへ打ちまし

た。」と、碁盤を突つきながら紙屋は勝負に夢中だった。私はそわそわしているうちに芸人達はもう帰り路らしく、男が庭から、

「今晩は。」と声を掛けた。

私は廊下に出て手招きした。芸人達は庭で一寸囁き合ってから玄関へ廻った。男の後から娘が三人順々に、

「今晩は。」と、廊下に手を突いて芸者のようにお辞儀をした。碁盤の上では急に私の負色が見え出した。

「これじゃ仕方がありません。投げですよ。」

「そんなことがあるもんですか。私の方が悪いでしょう。どっちにしても細かいです。」

紙屋は芸人の方を見向きもせずに、碁盤の目を一つ一つ数えてから、増々注意深く打って行った。女達は太鼓や三味線を部屋の隅に片づけると、将棋盤の上で五目並べを始めた。そのうちに私は勝っていた碁を負けてしまったのだが、紙屋は、

「いかがですかもう一石、もう一石願いましょう。」と、しつっこくせがんだ。しかし私が意味もなく笑っているばかりなので紙屋はあきらめて立ち上った。

娘たちが碁盤の近くへ出て来た。

「今夜はまだこれからどこかへ廻るんですか。」

「廻るんですが。」と、男は娘達の方を見た。

「どうしよう。今夜はもう止しにして遊ばせていただくか。」

「嬉しいね。嬉しいね。」

「叱られやしませんか。」

「なあに、それに歩いたってどうせお客がないんです。」

そして五目並べなぞをしながら、十二時過ぎまで遊んで行った。

踊子が帰った後は、とても眠れそうもなく頭が冴え冴えしているので、私は廊下に出て呼んでみた。

「紙屋さん、紙屋さん。」

「よう……。」と、六十近い爺さんが部屋から飛び出し、勇み立って言った。

「今晩は徹夜ですぞ。打ち明すんですぞ。」

私もまた非常に好戦的な気持だった。

四

その次の朝八時が湯ケ野出立の約束だった。私は共同湯の横で買った鳥打帽をかぶり、高等学校の制帽をカバンの奥に押し込んでしまって、街道沿いの木賃宿へ行った。二階の戸障子がすっかり明け放たれているので、なんの気なしに上って行くと、芸人達はまだ床の中にいるのだった。私は面喰って廊下に突っ立っていた。

私の足もとの寝床で、踊子が真赤になりながら両の掌ではたと顔を抑えてしまった。彼女は中の娘と一つの床に寝ていた。昨夜の濃い化粧が残っていた。唇と眦《まなじり》の紅が少しにじんでいた。この情緒的な寝姿が私の胸を染めた。彼女は眩しそうにくるりと寝返りして、掌で顔を隠したまま蒲団を辷り出ると、廊下に坐り、

「昨晩はありがとうございました。」と、綺麗なお辞儀をして、立ったままの私をまごつかせた。

男は上の娘と同じ床に寝ていた。それを見るまで私は、二人が夫婦であることをちっとも知らなかったのだ。

「大変すみませんのですよ。今日立つつもりでしたけれど、今晩お座敷がありそうでございますから、私達は一日延ばしてみることにいたしました。どうしても今日お立ちになるなら、また下田でお目にかかりますわ。私達は甲州屋という宿屋にきめて居りますから、直ぐお分りになります。」と四十女が寝床から半ば起き上って言った。私は突っ放されたように感じた。

「明日にしていただけませんか。おふくろが一日延ばすって承知しないもんですからね。道連れのある方がよろしいですよ。明日一緒に参りましょう。」と男が言うと、四十女も附け加えた。

「そうなさいましよ。折角お連れになっていただいて、こんな我儘を申しちゃすみませんけれど——。明日は槍が降っても立ちます。明後日が旅で死んだ赤坊の四十九日でございましてね、四十九日には心ばかりのことを、下田でしてやりたいと前々から思って、その日までに下田へ行けるように旅を急いだのでございますよ。そんなこと申しちゃ失礼ですけれど、不思議な御縁ですもの、明後日はちょっと拝んでやって下さいましな。」

そこで私は出立を延ばすことにして階下へ下りた。皆が起きて来るのを待ちながら、汚い帳場で宿の者と話していると、男が散歩に誘った。街道を少し南へ行くと綺麗な橋があった。橋の欄干によりかかって、彼はまた身上話を始めた。東京である新派役者の群に暫く加わっていたとのことだった。今でも時々大島の港で芝居をするのだそうだ。彼等の荷物の風呂敷から刀の鞘が足のように食《は》み出していたのだったが、お座敷でも芝居の真似をして見せるのだと言った。柳行李の中はその衣裳や鍋茶碗なぞの世帯道具なのである。

「私は身を誤った果てに落ちぶれてしまいましたが、兄が甲府で立派に家の後目を立てていてくれます。だから私はまあ入らない体なんです。」

「私はあなたが長岡温泉の人とばかり思っていましたよ。」

「そうでしたか。あの上の娘が女房ですよ。あなたより一つ下、十九でしてね、旅の空で二度目の子供を早産しちまって、子供は一週間ほどして息が絶えるし、女房はまだ体がしっかりしないんです。あの婆さんは女房の実のおふくろなんです。踊子は私の実の妹ですが。」

「へえ。十四になる妹があるっていうのは――。」

「あいつですよ。妹だけにはこんなことをさせたくないと思いつめていますが、そこにはまたいろんな事情がありましてね。」

それから、自分が栄吉、女房が千代子、妹が薫ということなぞ教えてくれた。もう一人の百合子という十七の娘だけが大島生れで雇いだとのことだった。栄吉はひどく感傷的になって泣き出しそうな顔をしながら河瀬を見つめていた。

引き返して来ると、白粉を洗い落した踊子が路ばたにうずくまって犬の頭を撫でていた。私は自分の宿に帰ろうとして言った。

「遊びにいらっしゃい。」

「ええ。でも一人では――。」

「だから兄さんと。」

「直ぐに行きます。」

間もなく栄吉が私の宿へ来た。

「皆は?」

「女どもはおふくろがやかましいので。」

しかし、二人が暫く五目並べをやっていると、女たちが橋を渡ってどんどん二階へ上って来た。いつものように丁寧なお辞儀をして廊下に坐ったままためらっていたが、一番に千代子が立ち上った。

「これは私の部屋よ。さあどうぞ御遠慮なしにお通り下さい。」

一時間程遊んで芸人達はこの宿の内湯へ行った。一緒にはいろうとしきりに誘われたが、若い女が三人もいるので、私は後から行くとごまかしてしまった。すると踊子が一人直ぐに上って来た。

「肩を流してあげますからいらっしゃいませって、姉さんが。」と、千代子の言葉を伝えた。

湯には行かずに、私は踊子と五目を並べた。彼女は不思議に強かった。勝継をやると、栄吉や他の女は造作なく負けるのだった。五目では大抵の人に勝つ私が力一杯だった。わざと甘い石を打ってやらなくともいいのが気持よかった。二人きりだから、初めのうち彼女は遠くの方から手を伸して石を下していたが、だんだん我を忘れて一心に碁盤の上へ覆いかぶさって来た。不自然な程美しい黒髪が私の胸に触れそうになった。突然、ぱっと紅くなって、「御免なさい。叱られる。」と石を投げ出したまま飛び出して行った。共同湯の前におふくろが立っていたのである。千代子と百合子もあわてて湯から上ると、二階へは上って来ずに逃げて帰った。

この日も、栄吉は朝から夕方まで私の宿に遊んでいた。純朴で親切らしい宿のおかみさんが、あんな者に御飯を出すのは勿体ないと言って、私に忠告した。

夜、私が木賃宿に出向いて行くと、踊子はおふくろに三味線を習っているところだった。私を見ると止めてしまったが、おふくろの言葉でまた三味線を抱き上げた。歌う声が少し高くなる度に、おふくろが言った。

「声を出しちゃいけないって言うのに。」

栄吉は向い側の料理屋の二階座敷に呼ばれて何か唸っているのが、こちらから見えた。

「あれはなんです。」

「あれ——謡《うたい》ですよ。」

「謡は変だな。」

「八百屋だから何をやり出すか分りゃしません。」

そこへこの木賃宿の間を借りて鳥屋をしているという四十前後の男が襖を明けて、御馳走をすると娘達を呼んだ。踊子は百合子と一緒に箸を持って隣りの間へ行き、鳥屋が食べ荒した後の鳥鍋をつついていた。こちらの部屋へ一緒に立って来る途中で、鳥屋が踊子の肩を軽く叩いた。おふくろが恐ろしい顔をした。

「こら。この子に触っておくれでないよ。生娘なんだからね。」

踊子はおじさんおじさんと言いながら、鳥屋に「水戸黄門漫遊記」を読んでくれと頼んだ。しかし鳥屋はすぐに立って行った。続きを読んでくれと私に直接言えないので、おふくろから頼んで欲しいようなことを、踊子がしきりに言った。私は一つの期待を持って講談本を取り上げた。果して踊子がするすると近寄って来た。私が読み出すと、彼女は私の肩に触る程に顔を寄せて真剣な表情をしながら、眼をきらきら輝かせて一心に私の額をみつめ、瞬き一つしなかった。これは彼女が本を読んで貰う時の癖らしかった。さっきも鳥屋と殆ど顔を重ねていた。私はそれを見ていたのだった。この美しく光る黒眼がちの大きい眼は踊子の一番美しい持ちものだった。二重瞼の線が言いようなく綺麗だった。それから彼女は花のように笑うのだった。花のように笑うと言う言葉が彼女にはほんとうだった。

間もなく、料理屋の女中が踊子を迎えに来た。踊子は衣裳をつけて私に言った。

「直ぐ戻って来ますから、待っていて続きを読んで下さいね。」

それから廊下に出て手を突いた。

「行って参ります。」

「決して歌うんじゃないよ。」とおふくろが言うと、彼女は太鼓を提げて軽くうなずいた。おふくろは私を振り向いた。

「今ちょうど声変りなんですから——。」

踊子は料理屋の二階にきちんと坐って太鼓を打っていた。その後姿が隣り座敷のことのように見えた。太鼓の音は私の心を晴れやかに踊らせた。

「太鼓がはいると御座敷が浮き立ちますね。」とおふくろも向うを見た。

千代子も百合子も同じ座敷へ行った。

一時間程すると四人一緒に帰って来た。

「これだけ——。」と、踊子は握り拳からおふくろの掌へ五十銭銀貨をざらざら落した。私はまた暫く「水戸黄門漫遊記」を口読した。彼等はまた旅で死んだ子供の話をした。水のように透き通った赤坊が生れたのだそうである。泣く力もなかったが、それでも一週間息があったそうである。

好奇心もなく、軽蔑も含まない、彼等が旅芸人という種類の人間であることを忘れてしまったような、私の尋常な好意は、彼等の胸にも沁み込んで行くらしかった。私はいつの間にか大島の彼等の家へ行くことにきまってしまっていた。

「爺さんのいる家ならいいね。あすこなら広いし、爺さんを追い出しとけば静かだから、いつまでいなさってもいいし、勉強もお出来なさるし。」なぞと彼等同士で話し合っては私に言った。

「小さい家を二つ持って居りましてね、山の方の家は明いているようなものですもの。」

また正月には私が手伝ってやって、波浮の港で皆が芝居をすることになっていた。

彼等の旅心は、最初私が考えていた程世智辛いものでなく、野の匂いを失わないのんきなものであることも、私に分って来た。親子兄弟であるだけに、それぞれ肉親らしい愛情で繋り合っていることも感じられた。雇女の百合子だけは、はにかみ盛りだからでもあるが、いつも私の前でむっつりしていた。

夜半を過ぎてから私は木賃宿を出た。娘達が送って出た。踊子が下駄を直してくれた。踊子は門口から首を出して、明るい空を眺めた。

「ああ、お月さま。——明日は下田、嬉しいな。赤坊の四十九日をして、おっかさんに櫛を買って貰って、それからいろんなことがありますのよ。活動へ連れて行って下さいましね。」

下田の港は、伊豆相模の温泉場なぞを流して歩く旅芸人が、旅の空での故郷として懐しがるような空気の漂った町なのである。

五

芸人達はそれぞれに天城を越えた時と同じ荷物を持った。おふくろの腕の輪に小犬が前足を載せて旅馴れた顔をしていた。湯ケ野を出外れると、また山にはいった。海の上の朝日が山の腹を温めていた。私達は朝日の方を眺めた。河津川の行手に河津の浜が明るく開けていた。

「あれが大島なんですね。」

「あんなに大きく見えるんですもの、いらっしゃいましね。」と踊子が言った。

秋空が晴れ過ぎたためか、日に近い海は春のように霞んでいた。ここから下田まで五里歩くのだった。暫くの間海が見え隠れしていた。千代子はのんびりと歌を歌い出した。

途中で少し険しいが二十町ばかり近い山越えの間道を行くか、楽な本街道を行くかと言われた時に、私は勿論近路を選んだ。

落葉で辷りそうな胸先き上りの木下路だった。息が苦しいものだから、却ってやけ半分に私は膝頭を掌で突き伸すようにして足を早めた。見る見るうちに一行は後れてしまって、話し声だけが木の中から聞えるようになった。踊子が一人裾を高く掲げて、とっとっと私について来るのだった。一間程うしろを歩いて、その間隔を縮めようとも伸そうともしなかった。私が振り返って話しかけると、驚いたように微笑みながら立ち止って返事をする。踊子が話しかけた時に、追いつかせるつもりで待っていると、彼女はやはり足を停めてしまって、私が歩き出すまで歩かない。路が折れ曲って一層険しくなるあたりから益々足を急がせると、踊子は相変らず一間うしろを一心に登って来る。山は静かだった。ほかの者達はずっと後れて話し声も聞えなくなっていた。

「東京のどこに家があります。」

「いいや、学校の寄宿舎にいるんです。」

「私も東京は知ってます。お花見時分に踊りに行って――。小さい時でなんにも覚えていません。」

それからまた踊子は、

「お父さんありますか。」とか、

「甲府へ行ったことありますか。」とか、ぽつりぽつりいろんなことを聞いた。下田へ着けば活動を見ることや、死んだ赤坊のことなぞを話した。

山の頂上へ出た。踊子は枯草の中の腰掛けに太鼓を下すと手巾《ハンカチ》で汗を拭いた。そして自分の足の埃を払おうとしたが、ふと私の足もとにしゃがんで袴の裾を払ってくれた。私が急に身を引いたものだから、踊子はこつんと膝を落した。屈んだまま私の身の周りをはたいて廻ってから、掲げていた裾を下して、大きい息をして立っている私に、

「お掛けなさいまし。」と言った。

腰掛けの直ぐ横へ小鳥の群が渡って来た。鳥がとまる枝の枯葉がかさかさ鳴る程静かだった。

「どうしてあんなに早くお歩きになりますの。」

踊子は暑そうだった。私が指でべんべんと太鼓を叩くと小鳥が飛び立った。

「ああ水が飲みたい。」

「見て来ましょうね。」

しかし、踊子は間もなく黄ばんだ雑木の間から空しく帰って来た。

「大島にいる時は何をしているんです。」

すると踊子は唐突に女の名前を二つ三つあげて、私の見当のつかない話を始めた。大島ではなくて甲府の話らしかった。尋常二年まで通った小学校の友達のことらしかった。

それを思い出すままに話すのだった。

十分程待つと若い三人が頂上に辿りついた。おふくろはそれからまた十分後れて着いた。

下りは私と栄吉とがわざと後れてゆっくり話しながら出発した。二町ばかり歩くと、下から踊子が走って来た。

「この下に泉があるんです。大急ぎでいらして下さいって、飲まずに待っていますから。」

水と聞いて私は走った。木蔭の岩の間から清水が湧いていた。泉のぐるりに女達が立っていた。

「さあお先きにお飲みなさいまし。手を入れると濁るし、女の後は汚いだろうと思って。」とおふくろが言った。

私は冷たい水を手に掬って飲んだ。女達は容易にそこを離れなかった。手拭をしぼって汗を落したりした。

その山を下りて下田街道に出ると、炭焼の煙が幾つも見えた。路傍の材木に腰を下して休んだ。踊子は道にしゃがみながら、桃色の櫛で犬のむく毛を梳いてやっていた。

「歯が折れるじゃないか。」とおふくろがたしなめた。

「いいの。下田で新しいのを買うもの。」

湯ケ野にいる時から私は、この前髪に挿した櫛を貰って行くつもりだったので、犬の毛を梳くのはいけないと思った。

道の向う側に沢山ある篠竹の束を見て、杖に丁度いいなぞと話しながら、私と栄吉とは一足先きに立った。踊子が走って追っかけて来た。自分の背より長い太い竹を持っていた。

「どうするんだ。」と栄吉が聞くと、ちょっとまごつきながら私に竹を突きつけた。

「杖に上げます。一番太いのを抜いて来た。」

「駄目だよ。太いのは盗んだと直ぐに分って、見られると悪いじゃないか。返して来い。」

踊子は竹束のところまで引き返すと、また走って来た。今度は中指くらいの太さの竹を私にくれた。そして、田の畦に背中を打ちつけるように倒れかかって、苦しそうな息をしながら女達を待っていた。

私と栄吉は絶えず五六間先きを歩いていた。

「それは、抜いて金歯を入れさえすればなんでもないわ。」と、踊子の声がふと私の耳にはいったので振り返ってみると、踊子は千代子と並んで歩き、おふくろと百合子とがそれに少し後れていた。私の振り返ったのを気づかないらしく千代子が言った。

「それはそう。そう知らしてあげたらどう。」

私の噂らしい。千代子が私の歯並びの悪いことを言ったので、踊子が金歯を持ち出したのだろう。顔の話らしいが、それが苦にもならないし、聞耳を立てる気にもならない程に、私は親しい気持になっているのだった。暫く低い声が続いてから踊子の言うのが聞えた。

「いい人ね。」

「それはそう、いい人らしい。」

「ほんとにいい人ね。いい人はいいね。」

この物言いは単純で明けっ放しな響きを持っていた。感情の傾きをぽいと幼く投げ出して見せた声だった。私自身にも自分をいい人だと素直に感じることが出来た。晴れ晴れと眼を上げて明るい山々を眺めた。瞼の裏が微かに痛んだ。二十歳の私は自分の性質が孤児根性で歪んでいると厳しい反省を重ね、その息苦しい憂鬱に堪え切れないで伊豆の旅に出て来ているのだった。だから、世間尋常の意味で自分がいい人に見えることは、言いようなく有難いのだった。山々の明るいのは下田の海が近づいたからだった。私はさっきの竹の杖を振り廻しながら秋草の頭を切った。

途中、ところどころの村の入口に立札があった。

——物乞い旅芸人村に入るべからず。

六

甲州屋という木賃宿は下田の北口を入ると直ぐだった。私は芸人達の後から屋根裏のような二階へ通った。天井がなく、街道に向った窓際に坐ると、屋根裏が頭につかえるのだった。

「肩は痛くないかい。」と、おふくろは踊子に幾度も駄目を押していた。

「手は痛くないかい。」

踊子は太鼓を打つ時の美しい手真似をしてみた。

「痛くない。打てるね、打てるね。」

「まあよかったね。」

私は太鼓を提げてみた。

「おや、重いんだな。」

「それはあなたの思っているより重いわ。あなたのカバンより重いわ。」と踊子が笑った。

芸人達は同じ宿の人々と賑かに挨拶を交していた。やはり芸人や香具師《やし》のような連中ばかりだった。下田の港はこんな渡り鳥の巣であるらしかった。踊子はちょこちょこ部屋へはいって来た宿の子供に銅貨をやっていた。私が甲州屋を出ようとすると、踊子が玄関に先廻りしていて下駄を揃えてくれながら、

「活動に連れて行って下さいね。」と、またひとり言のように呟いた。

無頼漢のような男に途中まで路を案内してもらって、私と栄吉とは前町長が主人だという宿屋へ行った。湯にはいって、栄吉と一緒に新しい魚の昼飯を食った。

「これで明日の法事に花でも買って供えて下さい。」

そう言って僅かばかりの包金を栄吉に持たせて帰した。私は明日の朝の船で東京に帰らなければならないのだった。旅費がもうなくなっているのだ。学校の都合があると言

ったので芸人達も強いて止めることは出来なかった。

昼飯から三時間と経たないうちに夕飯をすませて、私は一人下田の北へ橋を渡った。下田富士に攀じ登って港を眺めた。帰りに甲州屋へ寄ってみると、芸人達は鳥鍋で飯を食っているところだった。

「一口でも召し上って下さいませんか。女が箸を入れて汚いけれども、笑い話の種になりますよ。」と、おふくろは行李から茶碗と箸を出して、百合子に洗って来させた。

明日が赤坊の四十九日だから、せめてもう一日だけ出立を延ばしてくれと、またしても皆が言ったが、私は学校を楯に取って承知しなかった。おふくろは繰り返し言った。

「それじゃ冬休みには皆で船まで迎えに行きますよ。日を報せて下さいましね。お待ちして居りますよ。宿屋へなんぞいらしちゃ厭ですよ、船まで迎えに行きますよ。」

部屋に千代子と百合子しかいなくなった時活動に誘うと、千代子は腹を抑えてみせて、

「体が悪いんですもの、あんなに歩くと弱ってしまって。」と、蒼い顔でぐったりしていた。百合子は硬くなってうつむいてしまった。踊子は階下で宿の子供と遊んでいた。私を見るとおふくろに縋りついて活動に行かせてくれとせがんでいたが、顔を失ったようにぼんやり私のところに戻って下駄を直してくれた。

「なんだって。一人で連れて行って貰ったらいいじゃないか。」と、栄吉が話し込んだけれども、おふくろが承知しないらしかった。なぜ一人ではいけないのか、私は実に不思議だった。玄関を出ようとすると踊子は犬の頭を撫でていた。私が言葉を掛けかねた程によそよそしい風だった。顔を上げて私を見る気力もなさそうだった。

私は一人で活動に行った。女弁士が豆洋燈《ランプ》で説明を読んでいた。直ぐに出て宿へ帰った。窓敷居に肘を突いて、いつまでも夜の町を眺めていた。暗い町だった。遠くから絶えず微かに太鼓の音が聞えて来るような気がした。わけもなく涙がぽたぽた落ちた。

七

出立の朝、七時に飯を食っていると、栄吉が道から私を呼んだ。黒紋附の羽織を着込んでいる。私を送るための礼装らしい。女達の姿が見えない。私は素早く寂しさを感じた。栄吉が部屋へ上って来て言った。

「皆もお送りしたいのですが、昨夜晩く寝て起きられないので失礼させていただきました。冬はお待ちしているから是非と申して居りました。」

町は秋の朝風が冷たかった。栄吉は途中で敷島四箱と柿とカオールという口中清涼剤とを買ってくれた。

「妹の名が薫ですから。」と、微かに笑いながら言った。

「船の中で蜜柑はよくありませんが、柿は船酔いにいいくらいですから食べられます。」

「これを上げましょうか。」

私は鳥打帽を脱いで栄吉の頭にかぶせてやった。そしてカバンの中から学校の制帽を出して皺を伸しながら、二人で笑った。

乗船場に近づくと、海際にうずくまっている踊子の姿が私の胸に飛び込んだ。傍に行くまで彼女はじっとしていた。黙って頭を下げた。昨夜のままの化粧が私を一層感情的にした。眦の紅が怒っているかのような顔に幼い凛々しさを与えていた。栄吉が言った。

「外の者も来るのか。」

踊子は頭を振った。

「皆まだ寝ているのか。」

踊子はうなずいた。

栄吉が船の切符とはしけ券とを買いに行った間に、私はいろいろ話しかけて見たが、踊子は掘割が海に入るところをじっと見下したまま一言も言わなかった。私の言葉が終らない先きに、何度となくこくりこくりうなずいて見せるだけだった。

そこへ、

「お婆さん、この人がいいや。」と、土方風の男が私に近づいて来た。

「学生さん、東京へ行きなさるだね。あんたを見込んで頼むだがね、この婆さんを東京へ連れてってくんねえか。可哀想な婆さんだ。伜が蓮台寺の銀山に働いていたんだがね、今度の流行性感冒て奴で伜も嫁も死んじまったんだ。こんな孫が三人も残っちまったんだ。どうにもしようがねえから、わしらが相談して国へ帰してやるところなんだ。国は水戸だがね、婆さん何も分らねえんだから、霊岸島へ着いたら、上野の駅へ行く電車に乗せてやってくんな。面倒だろうがな、わしらが手を合わして頼みてえ。まあこの有様を見てやってくれりゃ、可哀想だと思いなさるだろう。」

ぽかんと立っている婆さんの背には、乳呑児がくくりつけてあった。下が三つ上が五つくらいの二人の女の子が左右の手に捉まっていた。汚い風呂敷包から大きい握飯と梅干とが見えていた。五六人の鉱夫が婆さんをいたわっていた。私は婆さんの世話を快く引き受けた。

「頼みましたぞ。」

「有難え。わしらが水戸まで送らにゃならねえんだが、そうも出来ねえでな。」なぞと鉱夫達はそれぞれ私に挨拶した。

はしけはひどく揺れた。踊子はやはり唇をきっと閉じたまま一方を見つめていた。私が縄梯子に捉まろうとして振り返った時、さよならを言おうとしたが、それも止して、もう一ぺんただうなずいて見せた。はしけが帰って行った。栄吉はさっき私がやったばかりの鳥打帽をしきりに振っていた。ずっと遠ざかってから踊子が白いものを振り始めた。

汽船が下田の海を出て伊豆半島の南端がうしろに消えて行くまで、私は欄干に凭れて沖の大島を一心に眺めていた。踊子に別れたのは遠い昔であるような気持だった。婆さんはどうしたかと船室を覗いてみると、もう人々が車座に取り囲んで、いろいろと慰めているらしかった。

私は安心して、その隣りの船室にはいった。相模灘は波が高かった。坐っていると、時々左右に倒れた。船員が小さい金だらいを配って廻った。私はカバンを枕にして横たわった。頭が空っぽで時間というものを感じなかった。涙がぽろぽろカバンに流れた。

頬が冷たいのでカバンを裏返しにした程だった。私の横に少年が寝ていた。河津の工場主の息子で入学準備に東京へ行くのだったから、一高の制帽をかぶっている私に好意を感じたらしかった。少し話してから彼は言った。

「何か御不幸でもおありになったのですか。」

「いいえ、今人に別れて来たんです。」

私は非常に素直に言った。泣いているのを見られても平気だった。私は何にも考えていなかった。ただ清々しい満足の中に静かに眠っているようだった。

海はいつの間に暮れたのかも知らずにいたが、網代《あじろ》や熱海には灯があった。肌が寒く腹が空いた。少年が竹の皮包を開いてくれた。私がそれが人の物であることを忘れたかのように海苔巻のすしなぞを食った。

そして少年の学生マントの中にもぐり込んだ。私はどんなに親切にされても、それを大変自然に受け入れられるような美しい空虚な気持だった。明日の朝早く婆さんを上野駅へ連れて行って水戸まで切符を買ってやるのも、至極あたりまえのことだと思っていた。何もかもが一つに融け合って感じられた。

船室の洋燈が消えてしまった。船に積んだ生魚と潮の匂いが強くなった。真暗ななかで少年の体温に温まりながら、私は涙を出委せにしていた。頭が澄んだ水になってしまっていて、それがぽろぽろ零《こぼ》れ、その後には何も残らないような甘い快さだった。

「文芸時代」大正十五年一月
「文芸春秋」昭和一年二月続載

再会

敗戦後の厚木祐三の生活は富士子との再会から始まりそうだ。あるいは、富士子と再会したと言うよりも、祐三自身と再会したと言うべきかもしれなかった。

ああ、生きていたと、祐三は富士子を見て驚きに打たれた。それは歓びも悲しみもまじえない単純な驚きだった。

富士子の姿を見つけた瞬間、人間とも物体とも感じられなかった。祐三は過去に出会ったのだ。過去が富士子という形を取って現れたのだが、祐三にはそれが抽象の過去というものと感じられた。

しかし、過去が富士子という具象で生きて来てみればそれは現在だろう。眼前で過去が現在へつながったことに祐三は驚いたのだった。

今の祐三の場合の過去と現在との間には、戦争があった。

祐三の迂闊な驚きも無論戦争のせいにちがいなかった。

戦争に埋没していたものが復活した驚愕とも言えるだろう。あの殺戮と破壊の怒濤が、しかし微小な男女間の瑣事を消滅し得なかったのだ。

祐三は生きている富士子を発見して、生きている自分を発見したようだった。

祐三はあとくされなく富士子と別れたように自分の過去ともきれいに訣別し、その二つとも忘却しおおせたつもりで、戦争のなかにいたものだが、やはり持ってうまれた生命は一つしかないのだった。

祐三が富士子と再会したのは日本の降伏から二カ月余り後だった。時というものも喪亡してしまったような時で、多くの人々は国家と個人の過去と現在と未来とが解体して錯乱する渦巻に溺れているような時だった。

祐三は鎌倉駅におりて若宮大路の高い松の列を見上げると、その梢の方に正しく流れる時の諧調を感じた。戦災地の東京にいては、こんな自然も見落しがちに過した。戦争中から方方に松の枯死が蔓延して国の不吉な病斑のようだが、ここの並木はまだ大方生きていた。

鶴ケ岡八幡宮に「文墨祭」があるという鎌倉の友人の葉書で祐三は出て来たのだった。実朝の文事から思い立った祭らしく、いくさの神が世直しの意味もあったろう。平和な祭見の人出はもう武運と戦勝とを祈願する参拝ではなかった。

しかし祐三は社務所の前まで来て、振袖の令嬢の一群に目の覚める思いをした。人々はまだ空襲下の、あるいは戦災者の服装から脱していないので、振袖の盛装は異様な色彩だった。

進駐軍も祭に招待されている、そのアメリカ人に茶を出すための令嬢達だった。進駐兵は日本に上陸して初めて見るキモノだろうから珍らしがって写真をとっていた。

祐三にしても、これが二三年前までの風俗だったとは、ちょっと信じられぬほどだった。みじめに暗いまわりの服装のなかで最大限の飛躍を見せた女の大胆さに感心しながら、野天の茶席へ案内されて行った。令嬢達の表情や動作にも華美な盛装が映っていた。これも祐三を呼びさますようだった。

茶席は木立のなかにあった。神社によくある細長い白木の卓にアメリカ兵が神妙に並んで、無邪気な好奇心を見せていた。十歳前後の令嬢が薄茶を運んでいた。模型じみた服装と作法で、祐三は古い芝居の子役を思い出した。

そうすると大きい令嬢の長い袖や盛り上げた帯が今の時代に錯誤し矛盾した感じも明らかとなって来た。健康な良家の子女が身につけているので、かえってなお妙にあわれな印象を受けた。

けばけばしい色彩や模様も今こうしてみると俗悪で野蛮だった。戦前の着物はつくる者の工芸も着る者の趣味もここまで堕落していたのだったかと、祐三は考えさせられた。後で踊の衣裳と見くらべてこれを一層強く感じた。社の舞殿で踊があったのだ。昔風の踊の衣裳は特別のもの、令嬢達の服装は日常のものだろうが、今は令嬢達の盛装も特別に見物すべきもののようだった。そして戦前の風俗ばかりでなく女性の生理までが露骨に出ているのだった。踊の衣裳は品があり色も深かった。

浦安の舞、獅子舞、静《しずか》の舞、元禄花見踊——亡び去った日本の姿が笛の音のように祐三の胸を流れた。

左右に分れた招待席の一方が進駐軍で、祐三達は大公孫樹《おおいちょう》のある西側の席にいた。公孫樹は少し黄ばんでいた。

一般席の子供達が招待席へ雪崩《なだ》れこんで来た。子供の群のみじめな服装を背景として、令嬢達の振袖などは泥沼の花のようだった。

舞殿の赤い柱の裾に杉林の梢から日がさしていた。

元禄花見踊の遊女らしいのが、舞殿の階をおりたところで、あいびきの男と別れて立ち去る、その裾を砂利に曳いてゆくのを見ると、祐三はふと哀愁を感じた。

綿で円くふくらんで、色濃い絹の裏地がたっぷり出て、花やかな下着をのぞかせて開いた、その裾は日本の美女の肌のように、日本の女の艶めかしい運命のように——惜しげもなく土の上を曳きずってゆくのがいたいたしく美しかった。華奢で無慙で肉感の漂う哀愁だった。

祐三には神社の境内が静かな金屏風のようになった。

静御前の舞の振は中世的であって、元禄の花見の踊は近世的なのだろうが、敗戦間もなくの祐三の目は踊のようなものに抵抗力を失っていた。

そういう目で舞姿を追っている視線に、富士子の顔があったのだ。

おやと驚くと祐三はかえって瞬間ぼんやりした。こいつを見ているとつまらないことになるぞと内心警戒しながら、しかも相手の富士子が生きた人間とも自分に害を及ぼす物とも感じられなくて、直ぐには目をそむけようとしなかった。

舞衣の裾の感傷は富士子を見た途端に消えたが、それほど富士子が強い印象なのではなく、失心した人が意識を取りもどした目に写る物のようであった。生命と時間との流れの継目に浮んだもののようであった。そして祐三のそういう心の隙に、なにか肉体的な温かさ、自分の一部に出会ったような親しさが、生き生きとこみあげて来た。

その富士子の顔もぼんやり舞姿を追っていた。祐三には気がついていない。祐三は富士子に気がついているのに富士子は祐三に気がついていないことが、祐三は奇妙な感じだった。そうすると二人が十間と離れないでいながらお互いに気がつかなかった時間は、更に奇怪なことに思えた。

祐三がなんの顧慮もなくとっさに席を立って行ったのは、富士子の無力にほうけた顔つきのためかもしれなかった。

祐三は失心しそうな人を呼びさますような気組で、いきなり富士子の背に手をおいた。

「ああ。」

富士子はゆっくり倒れかかって来そうに見えて、しゃんと立って、体のびりびり顫えるのが、祐三の腕に伝わった。

「御無事だったのね。ああ、びっくりした。御無事でしたの？」

富士子は体をかたくして立っているのだが、抱かれに寄り添って来る感じを祐三は受けた。

「どこにいらしたの？」

「ええ？」

今の踊をどこで見ていたのかとも聞え、富士子と別れて戦争中どこにいたのかとも聞え、また祐三にはただ富士子の声とも聞えた。

祐三は幾年ぶりかで女の声を聞いた。人ごみのなかにいるのを忘れて富士子と会っていた。

祐三が富士子を見つけた時のなまなましさは、富士子から強められて祐三に逆流して来た。

この女と祐三が再会すれば道徳上の問題や実生活の面倒がむし返されるはずで、言わば好んで腐れ縁につかまるのだから、さっきも警戒心がひらめいたのだが、ひょっと溝を飛び越えるように、富士子を拾ってしまった。

現実とは彼岸の純粋な世界の行動のようで、しかも束縛を脱した純粋な現実だった。

過去が突然こんなに現実となった経験はなかった。

新膚《にいはだ》の感じが富士子とのあいだにふたたびあろうとは夢にも思わなかった。

富士子も祐三を責めとがめる様子は微塵もなかった。

「お変りにならないわねえ。あなた、ちっともお変りになってらっしゃいませんわ。」

「そんなことはない。大変りだよ。」

「いいえ、お変りになってないことよ。ほんとう。」

それが富士子の感動らしいので、祐三は、

「そうかねえ。」

「あれから……ずうっとどうしてらしたんでしょう。」

「戦争してたさ。」と祐三は吐きだすように言った。

「うそ。戦争してらしたみたいじゃないことよ。」

側の人達がくすくす笑った。富士子も笑った。まわりの人々は富士子の邪魔にならないようだった。思いがけない男女の邂逅を見る人達はむしろ好意で明るくなっているらしかった。富士子は周囲の空気にもあまえかねない風だった。

祐三は急にきまり悪くなると、さっきから気づいていた富士子の変りようが一層はっきり目について来た。

小太りだったのがげっそり痩せて、切の長い目ばかり不自然に光っていた。富士子は赤毛の薄い眉に以前は少し赤みがかった眉墨を引いたりしていたが、今はその眉墨もなく頬紅もかすかなので、頬の肉がさびれたのに、平べったい顔が見えた。白い肌が首から上はやや黒ずんでいる、その素顔が出て、首の線の胸の骨へ落ちるところに疲れがたまっていた。毛筋の細い髪の器用な波も怠って頭が貧相に小さくなった。

祐三に会った感動を目だけで懸命に支えているようだった。

以前気になったほど年齢の差が感じられなくて、祐三はかえって安穏な不便を催しそうなものなのに、若々しいときめきが消えないのは不思議だった。

「お変りにならないわ。」と富士子はまた言った。

祐三は人ごみのうしろに出た。富士子も祐三の顔を見ながらついて来た。

「奥さまは？」

「……………」

「奥さまは……？　御無事？」

「うん。」

「よかったわ。お子さまも……？」

「うん。疎開させてある。」

「そう？　どちら。」

「甲府の田舎だ。」

「そう？　お家はいかがでしたの。助かって？」

「焼けた。」

「あら、そう、私も焼け出されました。」

「そう、どこで。」

「東京よ、無論。」

「東京にいたの？」

「しかたがないわ。女ひとりで、ほかに行場《ゆきば》もいどころもないでしょう？」

祐三は冷やっとして、急に足もとが崩れるようだった。

「死ぬつもりになってしまえば、結局東京が気楽——というわけでもないけれど、戦争中はどんな暮しをしていても、どんな恰好をしていても、まあ平気だったわ。元気だったのよ、私。自分の境遇を悲しんだりしているどころじゃなかったでしょう？」

「国へは帰らなかったの？」

「帰れやしないじゃないの？」

その理由は祐三にあるはずなのにと反問する調子だった。しかし祐三をとがめる毒気はなくて、あまえかかるような声だった。

祐三はもう古疵にさわった自分の迂闊さに嫌気がさして来たが、富士子はまだなにか麻痺のなかにいるらしかった。富士子が醒めるのを祐三は恐れた。

祐三はまた自分の麻痺にも気がついて愕いた。戦争のあいだ祐三は富士子に対する責任も徳義もほとんど全く忘れていた。

祐三が富士子と別れ得たのは、幾年かの悪縁から放たれたのは、戦争の暴力のせいだったろう。微小な男女間の瑣事にからまる良心などは激流に棄てていられたのだろう。

戦争の巷を富士子がどう生きて来たのか、今その姿に出会うと、祐三はぎょっとするが、あるいは富士子も祐三をうらむことは忘れていたのかもしれなかった。

富士子の顔には以前のヒステリックの強さも消えてしまっているようだった。少し濡れているらしい目を祐三はまともに見ることが出来なかった。

招待席のうしろの子供を掻きわけて祐三は正面の石段下に出た。五六段上ったところに腰をおろした。富士子は立ったまま、

「こんなに人が出ていて、今日はお参りする人がさっぱりないのね。」と上の社の方を振りかえった。

「しかし社に石を投げる人もないさ。」

舞殿を取り巻いて石段下の広場に群衆が円を描いているから、参道はちょっと塞がった形だった。元禄の遊女の踊やアメリカ軍楽隊が八幡宮の舞殿に上る祭など、昨日までは思い及ばなかったことで、こういう祭見の用意は気持にも服装にも出来ていないが、境内の杉木立の下から大鳥居の向うの桜並木、それから高い松のあるところまでも続く祭見の列を見ていると、秋日和が胸にしみるようだった。

「鎌倉は焼けないからいいわね。焼けたと焼けないのとでは、たいへんなちがい。木だって景色だって、ちゃんと日本の恰好をしているわね。お嬢さんの風を見て驚いたわ。」

「ああいう着物はどうだい。」

「電車には乗れないわね。あんな着物を着て電車に乗ったり町を歩いたりした時が私にもあったのよ。」と富士子は祐三を見下して傍に腰かけた。

「お嬢さんの着物を見て、ああ生きてよかったとうれしい気がしたけれど、それからなにか思い出すとぼんやりして生きてるのがかなしいような気もしてたの。自分がどうなっちゃったのか、私よく分らないわ。」

「それはお互いさまだろうね。」と祐三は話を避けるように言った。

富士子は男物の古着を直したらしい紺がすりのもんぺを着ていた。祐三はこれと似たかすりが自分にもあったと思った。

「奥さま達が甲府で、あなたおひとり東京？」

「そう。」

「ほんとうかしら？　御不自由じゃないの？」

「まあ世間並に不自由だね。」

「私も世間並だったのかしら？」

「…………」

「奥さまも世間並にお元気？」

「まあ、そうだろうね。」

「お怪我もなさらなかったのね。」

「うん。」

「よかったわ。私――警報の時なんか、奥さまにもしものことがあって、私だけ無事に助かっていたら、ほんとうにどうしようと思ったことがあってよ。そんなこと偶然ですものね。偶然でしょう。」

祐三はぞっとした。しかし富士子は声が細く澄んで来て、

「真剣に心配しましたのよ。なぜそんな自分が危い時に奥さまのことなぞ案じて上げるのか、馬鹿だとかなしくなっても、やっぱり心配でしたわ。もし戦争がすんであなたにお目にかかったら、この気持だけは申しあげてみたかったの。言っても信じていただけるかしら、逆に疑われやしないかしら、そうも思ったけれど、戦争中はよく自分のことを忘れて人のことをお祈りしましたもの。」

そう言われてみると祐三にも思いあたる節はあった。極端な自己犠牲と自己本位と、自己反省と自己満足と、愛他と我利と、徳義と邪悪と、麻痺と興奮とが、祐三のなかでも奇怪に混乱しながら結合していたのかもしれなかった。

富士子は祐三の妻の偶然の死を希いながら無事を祈っていたのかもしれなかった。その半面の悪心を意識しないで半面の善心に陶酔していたとしても、それは戦時の凌ぎよう、生き方の一片に過ぎなかったろうか。

富士子の口振には真実がこもっていた。切長の目尻に涙が湧き出していた。

「私よりも奥さまの方があなたに大事だと思うから、奥さまのお身を案じたって、しかたがなかったわ。」

富士子がしつっこく妻のことを言うので、祐三は当然妻を思い出していた。

しかし、ここにも疑惑が生れた。祐三は戦争中ほど脇目も振らずに家族と結びついていた年月はなかった。富士子さえほとんど全く忘れていたほど妻を愛していたと言える。痛切な半身であった。

ところが、祐三は富士子を見たとたんに自分と出会ったように感じた。また妻を思い出すのに稀薄な時間を隔てたような努力を要した。祐三は自分の心の疲れを見た。雌をつれた動物の彷徨に過ぎなかったような気もした。

「あなたにお会い出来て私なにをお願いしていいのか、急にはわからないわ。」

富士子はまつわりつくような口調になった。

「ねえ、お願い、聞いて下さらなければいやよ。」

「…………」

「ねえ、私を養って頂戴。」

「え、養うって……?」

「ほんの、ほんのちょっとの間でいいの。御迷惑かけないでおとなしくしてるわ。」

祐三はついいやな顔をして富士子を見た。

「今どうして暮してるの?」

「食べられないことはないのよ。そういうんじゃないの。私生活をし直したいの。あなたのところから出発させてほしいの。」

「出発じゃなくて、逆戻りじゃないか。」

「逆戻りじゃないわ。出発の気合をかけていただくだけよ。きっと私ひとりで直ぐ出てゆくわ。——このままじゃだめ、このままじゃ私だめよ。ね、ちょっとだけつかまらせて頂戴。」

どこまで本音か祐三は聞きわけかねた。巧妙な罠のようでもあった。哀憐の訴のようでもあった。戦争のなかに棄てられた女が戦後に生きてゆく力を祐三から汲み取り、祐三のところで身支度したいというのだろうか。

祐三自身も過去の女に出会って思いがけない生命感がよみがえって来たのだが、富士子にその弱点を見破られたのだろうか。富士子に言われるまでもなくひきずられるものが心底にあって、祐三は罪業と背徳とから自分の生存に目覚めてゆくのかと暗い気持に沈んだ。みじめに目を伏せた。

群集の拍手が聞えて、進駐軍の軍楽隊が入場して来た。鉄兜をかぶっていた。無造作に舞台へ上った。二十人ほどだった。

そして吹奏楽器の第一音が一斉に鳴った瞬間、祐三はあっと胸を起した。目が覚めたように頭の雲が拭われた。若々しい鞭の感じで歯切のいい楽音が体を打って来た。群集の顔が生きかえった。

なんという明るい国だろうと、祐三はいまさらアメリカに驚いた。

鮮かに感覚を鼓舞されてみると、富士子という女についても、男の明快さが祐三を単純にしてしまった。

横浜を過ぎるころから物の影が淡く薄れた。その影は地面に吸い取られたかのようで、夕《ゆうべ》の色が沈んで来るのだった。

長いこと鼻についていた焦げくさい臭気はさすがにもうなくなったが、いつまでも埃を立てているような焼跡も、秋になるらしかった。

富士子の赤毛の薄い眉や毛筋の細い髪を見ていると、これから寒空に向うのにという言葉など祐三はふと浮んで、厄介なものを背負いこみそうな自分は、昔からいう厄年かと苦笑しそうにもなったが、焦土にも季節がめぐって来たことに驚く感慨さえ、なにか無気力な人まかせを助長するかのようであった。

祐三は自分が降りるはずの品川駅も通り越してしまった。

四十を一つ二つ過ぎた祐三は、人生の苦しみや悲しみがいつとなく時の流れに消え去り、難関や悶着も自然と時間に解決されるのを、多少は見て来ていた。わめき狂ってもがいても、黙って手をつかねて眺めていても、同じような結末になる場合を経験しないではなかった。

あのような戦争さえ過ぎ去って行ったではないか。

しかも思ったより早かった。いや、四年前というのがあの戦争としては早かったのか長過ぎたのか、それを判断出来る物差も祐三などは持っていないが、とにかく終った。

以前祐三は富士子を戦争のなかに置き去りにしたように、今度は富士子を時間の行手に流し落せるだろうか、というような下心が、再会したばかりでもう萌さぬではなかった。しかも先きの戦争の場合は、暴風が二人を吹き離したような形ですんだし、清算という言葉に祐三は興奮してさえいたが、今はともすると自分の狡猾な打算が見えるのだった。

しかし、清算の陶酔よりも打算の困惑の方が道徳的かもしれないと思われることも、祐三にはちぐはぐな気持だった。

「新橋よ。」と富士子が注意した。

「東京駅までいらっしゃるの？」

「ああ、うん。」

この駅から二人づれで銀座へ出た以前の習慣を、富士子はこんな時にも思い出すのかもしれなかった。

祐三はこのごろ銀座を歩いたことがない。品川駅から東京駅まで通勤しているのだった。

祐三はぼんやりと、

「君はどこ？」

「どこって……あなたのいらっしゃるところへ行くわ。どうして？」

富士子は少し不安な顔をした。

「いや、君が現在住んでるところさ？」

「そんな立派なものはないわ、住んでるところなんて……。」

「それはお互いさまだがね。」

「これからあなたの連れて行って下さるところが、私の住むところよ。」

「それじゃまあ、今まで君が飯を食ってたところ？」

「御飯というほどのものはいただいてませんわ。」

「どこで配給を取ってるんだ。」

怒ったように言う祐三の顔を富士子は見たが黙っていた。

いどころを明したくないのかと祐三は疑った。

祐三も品川を通った時に黙っていたのを思い出して、

「僕は友人のところに置いてもらってるんだがね。」

「同居？」

「同居のまた同居だ。友人が六畳間を借りてる、そこへ一時割り込んでね。」

「もう一人私も置いていただけないの？　三重の同居、いいでしょ？」

富士子は粘りつくような素振を見せた。

東京駅のホオムには赤十字の看護婦が六人、荷物を中に置いて立っていた。祐三は前後を見たが、復員の兵隊は降りて来なかった。

品川からの往復に時々横須賀線を利用する祐三は、このホオムでしばしば復員兵の群を見た。祐三と同じ電車から降りることもあれば、先きの電車で着いたのが並んでいることもあった。

この戦争のように多くの兵員を遠隔の外地に置き去りして後退し、そのまま見捨てて降伏した敗戦は、歴史に例があるまい。

南方の島々からの復員は栄養失調から餓死に近い姿で、東京駅にも着いた。

この復員の群を見る度に祐三は言いようのない悲痛に打たれる。しかしまた誠実な自省も目覚めて胸が清潔に洗われる思いもするのだった。いかにも共に敗れた同胞に出会ったと頭を垂れるのだった。東京の巷や電車の隣人達とはちがった純な隣人が帰って来た親しみも湧くのだった。

事実、復員兵達はなにか清潔な表情をしているようだった。

それは長患いの病人の顔に過ぎないのかもしれない。疲労と飢餓と落胆とで衰弱し失心して、頬骨が立ち目がくぼんだ土色の顔には最早表情の出る気力も失われた。つまり虚脱の状態なのかもしれない。しかしそうばかりとも祐三は思えなかった。敗戦の日本人のさまが、外人に虚脱と見えたほどには虚脱ではなかったように、復員兵にも激情の起伏はあるのだろう。しかし、人間が食えるものでないものを食い、人間の出来ることでないことをし、生き堪えて国に戻り着いた人には一脈の清さがあるようだった。

担架の傍に赤十字の看護婦が立って、ホオムのコンクリイトへじかに寝かされている病兵もあった。足で踏みつけそうなその頭を祐三はよけて通ったものだ。そんな病兵も透明な目色をしていた。進駐兵が乗り降りするのも邪気なさそうに眺めていた。

ある時祐三は「very pure」と言う低い声が耳に入ってはっとしたが、「very poor」の聞きちがえだったろうかと後で考えてみたりした。

赤十字の看護婦も復員兵に附き添っている今の方が、戦争中よりも祐三には美しく思えた。はたとの比較のせいだろう。

祐三はホオムの階段を下りると、自然と八重洲口の方へ足を向けていたが、通路に朝鮮人の群が屯しているのを見て、急に気がついたように、

「表へ出よう。いつも裏口へ出るもんだから、うっかりした。」と言って引き返した。

帰国の汽車を待つ朝鮮人の群も祐三はここで度々見かけた。ホオムへ行列しては待てない長時間なので、階段の下に屯して待つらしかった。荷物にもたれ、よごれた布や蒲団を敷いて、通路にうずくまっていた。鍋やバケツの類を縄でしばった荷物もあった。夜通しそうしていることもあるらしかった。家族づれが多かった。子供達は日本人と区別がつきにくかった。朝鮮人の妻になった日本の女もまじっているのだろう。新しい朝

鮮服の白い姿や桃色の上着が目立っている時もあった。

新に独立した祖国へ帰る人達だが、難民のように見え、戦災者も少くない様子だった。

そこから八重洲口を出たところには、また日本人の切符を買う行列があるのだった。翌日の売出しを待つ前夜からの行列は、祐三が夜ふけの帰りに通りかかると、行列の形のまま うずくまったりごろ寝していたりで、その先きは橋桁にもたれかかっていた。橋の袂には人糞が点々とつづいていた。野宿の行列の排泄だろう。祐三は通勤の折々目につくが、雨の日は少し遠退いて車道を通った。

毎日のそんなことがふと頭に来たので、祐三は表口へ出たのだった。

広場の木の葉がかすかに鳴って、丸ビルの横に薄い夕焼があった。

丸ビルの前へ来かかると、十六七の汚い娘が、片手に細長い糊の瓶と短い鉛筆とをつかんで立っていた。胴が樺色で袖が灰色の古ブラウスのようなものを着て、男型の大きい古下駄をはいて、乞食になる途中の浮浪とでもいう恰好だった。娘はアメリカ兵に行き会うたびに取りすがるように呼んだ。しかし娘をまともに見て行く者もなかった。ズボンに手を触れられた者がちょっとけげんそうに小さい娘を見おろすくらいのものだった。無言で無関心で歩み去った。

液体の糊が相手のズボンに附きはしないかと、祐三は懸念した。

娘は片方の肩を痙攣させながら傾けて、大きい下駄が裏返るような歩き方で、一人広場を横切って薄暗がりの駅の方へ消えて行った。

「いやあねえ。」

富士子は後を見送っていた。

「気ちがいだね、乞食かと思ったら。」

「このごろはなにかああいうのを見ると、今に自分もそうなりそうで、いやよ。……でも、あなたにお会い出来たから、もうそんな心配ないわね。死ななくてよかったわ。生きていたからあなたに会えたのだわ。」

「そう思うよりしかたがないさ。僕は地震の時、神田で倒れた家の下敷きになってね、柱におさえられて、死ぬところだったんだよ。」

「ええ、知ってるわ。右の腰のところの疵の痕ね……。うかがったことあるじゃないの？」

「あ……。僕はまだ中学だったがね。しかしあの時は、無論日本も世界の前に据えられた罪人ではなかった。地震の破壊は天災だからね。」

「地震の時は私生れてたかしら。」

「生れてたさ。」

「田舎で、なにも知らないわ。私にも子供が出来るなら、日本が少しよくなってから生んでやりたいわ。」

「なあに……。さっき君が言った通り、火のなかでも人間が一番丈夫に出来てるよ。こんどの戦争中、僕は地震の時ほど危い目に遭わなかった。一瞬の天災の方が僕には危険だったわけだ。このごろだって、子供ほど平気じゃないか。遠慮なしに生れて来るらしい。」

「ほんとう……？　私ね、あなたにお別れしてから、もしあなたが戦争にいらしてるなら、子供を生んでおきたかったと、時々思いましたのよ。ですから、こうして生きてお会い出来て……いつでもいいことよ。」と富士子は肩を擦り寄せて来た。

「私生児ということだって、これからはなくなるんでしょう。」

「えっ……？」

祐三は眉をひそめた。不意に一段踏み下りて、軽い眼暈を感じたようだった。

富士子は真剣に言ってるのかもしれない。しかし、鎌倉で会った時から二人とも、荒い、乾いた、怪しい言葉ばかり交して来たと、今祐三は気がついたようで心寒くなった。

さっきも祐三が疑ったように、富士子の思い切った言葉の裏にも打算がのぞいていないとは言えないが、まだなにかの麻痺が醒めないで無計算に身を投げかけて来るようでもあった。

祐三も富士子に対する、また富士子と会っている自分に対する判断の足場がふらふら動いて定まらなかった。

富士子を一目見た時から腐れ縁の蒸し返しをおそれる現実的な打算はありながら、その打算が実際になる現実の地面には足がつかないようだった。

疎開の妻子を離れ秩序の毀れた都市にさまよって、無拘束自由の時だから、無造作に富士子を拾ってみたようでありながら、一方、どうにもならない本能の呪縛で富士子につながれてしまったようでもあった。

自己と現実とを戦争に献納して陶酔していた後だからにちがいない。しかし、八幡宮で富士子を発見した時の、自己に再会したような驚きにも、ここまで富士子を連れて歩いているうちに、なにか暗い毒によごれて来た重苦しさが加わった。

そうなると却って、戦争前の女に再会した宿縁、戦争前の過去を再び背負わされた刑罰が、富士子への哀憐ともなるのだった。

電車通に突きあたって、祐三は日比谷の方へ行こうか銀座へ出ようかと迷った。公園が近くに見えるので入口まで行った。しかし、この公園の変りように驚いて引き返した。銀座で暗くなった。

富士子がいどころも明さないので、祐三からそこへ行こうとは言い出しかねた。一人でいないのかもしれなかった。富士子の方でもなにか心後れがあるのか、行先きの催促もなしに、根比べのような形でついて来た。人通りの稀な焼跡の暗さを恐ろしいとも言わなかった。祐三はじりじりした。

築地あたりには泊れる家も残っていそうだが、祐三は不案内だった。あてはないながら歌舞伎座の方へ歩いた。

祐三は黙って横町に折れると、物陰に入った。富士子があわてて追い縋るようなので、

「ちょっと、そこで待っててくれ。」

「いや。こわいわ。」

祐三が肘で押し退けたいほど傍に富士子が立っていた。

煉瓦か瓦がごろごろと危い足場で祐三は壁に向っていたが、ふと気がついてみると、

その壁は一枚の衝立のように立っているのだった。つまり、あたりの家は焼け崩れたなかに、この一方の壁だけが立っているわけだ。

祐三はぎょっとした。鬼気迫る夜陰の牙のようで、焦臭いようで、祐三を吸いつけそうで、斜に削ぎ落した頂の線には暗黒がのしかかっていた。

「私ね。一度、田舎へ逃げて帰ろうと思ったことがあったのよ。こんな晩に、上野駅に行列していて……あらと気がついて、うしろへ手をやると濡れてるの。」と富士子が息をつめた口調で、

「うしろの人に、着物をよごされたのよ。」

「ふん、こんな傍にくっついて立ってるからさ。」

「あら、ちがうのよ。そうじゃないのよ、……私、ぞうっと顫えて、列を離れちゃったの。男の人って気味が悪いのねえ、あんな時によくまあ……。おお、こわい。」

富士子は肩をすくめて、そこにしゃがんだ。

「そりゃ病人だ。」

「戦災者よ。家が焼けた証明書を持って都落ちする人よ。」

祐三は向き直ったが富士子は立とうとしないで、

「駅からずっと外の真暗な道に行列してたんですけれど……。」

「さあ、行こうか。」

「ええ。くたびれたわ。こうやってると暗い地のなかに沈んでゆきそうよ。朝から出てるんですもの……。」

富士子は目をつぶっているらしい。祐三は立ったまま見おろしていた。富士子は昼飯も食っていないのだろうと、祐三は思いながら、

「そこにも家が建ちかかってるね。」

「どこ……？　ほんとう……。こんなところ、こわくて住めないわね。」

「もう誰かいるのかもしれんよ。」

「あら、こわい、こわいわ。」と富士子は叫ぶと祐三の手をつかんで立ち上った。

「いやだわあ。おどかして……。」

「大丈夫さ。……地震の時はこういう建ちかけのバラックで、よくあいびきがあったが、こんどはなんだか凄い感じだね。」

「そうよ。」

しかし祐三は富士子を放さなかった。

温かく柔かいものはなんとも言えぬ親しさで、あまりに素直な安息に似て、むしろ神秘な驚きにしびれるようでもあった。ながいあいだ女っ気から離れていたという荒立ちよりも、病後に会う女の甘い恢復があった。

手にふれる富士子の肩は痩せ出た骨だし、胸にもたれかかって来るのは深い疲労の重みなのに、祐三は異性そのものとの再会を感じるのだった。

生き生きと復活して来るものがあった。

祐三は瓦礫の上からバラックの方へ降りた。

窓の戸も床もまだないらしく、傍によると薄い板の踏み破れる音がした。

「世界」昭和二十一年二月

弓浦市

九州の弓浦市で三十年ほど前に、お会いしたという婦人が訪ねて来たと、娘の多枝に取次がれて、香住庄介はとにかくその人を座敷へ通すことにした。

小説家の香住には、前触れのない不時の客が毎日のようである。その時も三人の客が座敷にいた。三人は別々に来たのだが共に話していた。十二月初めにしては暖い午後二時ごろである。

四人目の婦人客は廊下に膝を突いて障子をあけたまま、先客に遠慮するらしいので、

「どうぞ。」と、香住は言った。

「ほんとうに、ほんとうに……。」と、婦人は声がふるえそうに、「お久しぶりでございます。ただ今は村野になっておりますが、お目にかかったころの旧姓は田井でございました。お覚えがございませんでしょうか。」

香住は婦人の顔を見た。五十を少し出ていて、年より若く見えると感じられ、色白の

頬に薄い赤みがさしていた。目が大きいままこの年まで残ったのは、中年太りをしていないせいかもしれなかった。

「やっぱり、あの香住さんにまちがいございませんわ。」と、婦人が目をよろこびに光らせて香住を見つめるのは、香住が婦人を思い出そうとしながら見るのとは、気込みがちがっていた。

「お変りになっていらっしゃいませんわ。お耳からあごの形、そう、その眉のあたりも、そっくりそのまま……。」などと、人相書きのように一々指摘されるのに、香住は面映くもあり、自分の側の記憶がない心おくれもあった。

婦人は縫紋の黒い羽織に、着物も帯も地味で、みな着くたびれしていた。しかし、そう世帯やつれは見えない。小柄で顔も小さい。短い指に指輪はない。

「三十年ほど前に、弓浦の町へおいでになったことがございますでしょう。その時、私の部屋へもお寄りいただきましたの、もうお忘れになりましたでしょうか。港のお祭りの日の夕方……。」

「はあ……？」

美しかったにちがいない、娘の部屋へまで行ったと言われて、香住はなおも思い出そうとつとめた。三十年前とすれば、香住は二十四五歳、結婚前である。

「貴田弘先生や秋山久郎先生とごいっしょでございました。九州旅行で長崎へお越しになっていたのを、ちょうど弓浦に小さい新聞が出来ました祝賀会に、お招きした時でございました。」

貴田弘と秋山久郎はすでに二人とも故人だが、香住より十歳ほど年長の小説家で、香住が二十二三のころから親しく引立ててもらった人たちである。三十年前には二人とも第一線の作家だった。そのころ、二人が長崎に遊んだことは事実で、その旅行記や逸話は香住の記憶にも残っている。また、今日の読者にも知られているだろう。

香住はそのころ世に出かかりの自分が、二人の先輩の長崎旅行に連れて行ってもらったのかと、腑に落ちないながら記憶をさぐっていると、親炙した貴田と秋山の面影が強く浮びつづき、恩顧の数々が思い出されて来るにつれて、回想のやわらかい心理に誘いこまれて行った。表情も変ったらしく、

「思い出していただけたのでございますね。」と、婦人の声も変った。

「私、髪を短く切ったばかりの時で、耳からうしろが寒いように恥ずかしいって、申し上げましたでしょう。ちょうど秋の終りでございましたし……。町に新聞が出来て、私

も記者になりますのに、思い切って短くいたしましたのですから、首筋に香住さんのお目が来ると、刺されるように避けたのは、よく覚えておりますの。私の部屋へお伴して帰ると、直ぐリボンの箱をあけて御覧いただきましたでしょう。二三日前までは、長い髪にリボンを結んでいた証拠をお見せしたかったのでしょうと思います。沢山あるって驚いていらっしゃいましたけれど、私は小さい時からリボンが好きだったものでございますから。」

先客の三人は黙っていた。用の話はすみ、相客がいるので腰を落ちつけて、雑談をつづけていたところだから、後から来た客に主人の話相手を譲るのは順当だが、婦人客の気配にはあたりの人たちを押し黙らせるものがあった。そして、三人の先客は婦人の顔も香住の顔も見ないで、直接は話を聞かない風にしていたが聞えていた。

「新聞社の祝賀式が終って、町の坂道を真直ぐ海の方へおりて参りましたでしょう。今にも燃え上りそうな夕焼けでございましたわ。屋根の瓦まであかね色のようだ、あなたの首筋まであかね色のようだって、香住さんがおっしゃったのを忘れませんわ。弓浦は夕焼けの名所になっておりますって、私、お答えいたしましたけれど、ほんとうに弓浦の夕焼けは今でも忘れられませんわ。その夕焼けの美しい日にお会いしたのでございました。山つづきの海岸線に刻んで作ったような、弓形の小さい港ですから、弓浦という名になったらしいのですけれど、その窪みに夕焼けの色もたまるんでございますね。あの日も、鱗雲の夕焼けの空が、よその土地で見るより低くて、水平線が不思議に近くて、黒い渡り鳥の群れが雲の向うへ行けそうになく見えましたでしょう。空の色が海に映っているというよりも、空のあかね色をこの小さい港の海にだけたらしこんだようでございました。旗をかざった祭船が太鼓や笛を鳴らして、お稚児さんも乗っておりましたが、その子の赤い着物のそばでマッチでもすったら、ぼっといちどきに、海も空も炎になりそうだっておっしゃいましたわ。御記憶ございません？」

「はあ……。」

「私も今の主人と結婚いたしましてから、なさけないほどもの覚えが悪くなったようでございます。これは忘れないでおこうというほど、しあわせなことがないのでございますね。香住さんのようにおしあわせの上においそがしくしていらしても、昔のつまらないことは思い出すおひまもございませんでしょうし、覚えてらっしゃる必要もございませんでしょうけれど……。私の一生を通して、弓浦はいい町でございましたわ。」

「弓浦に長くいらしたんですか。」と、香住はたずねてみた。

「いいえ、香住さんと弓浦でお会いしてから後、ほんの半年ばかりして、沼津へお嫁に参りました。子供も、上は大学を出てお勤めに出ておりますし、下の娘は結婚の相手がほしい年ごろでございます。私の生まれは静岡でございますが、継母と合わないものですから、弓浦の縁者にあずけられまして間もなく、反抗心から新聞につとめてみたのでございました。親に知れますと呼びもどされて、お嫁にやられてしまいましたから、弓浦におりましたのはわずか七カ月ぐらいでございましたけれど。」

「御主人は……。」

「沼津の神官でございます。」

香住には意外な職業と聞えて、婦人客の顔を見た。今ではもうそういう言葉もすたれ、かえって髪形をそこなうものかもしれないが、婦人客はきれいな富士額だった。それが香住の目をとらえた。

「前は神官としてかなりに暮らせたのでございます。戦争からこのかた、それが日に日につまって参りまして、息子も娘も私には身方してくれるのでございますけれど、父親にはなにかにつけて反抗いたしますんです。」

香住は婦人客の家庭の不和を感じた。

「沼津の神社は弓浦のあのお祭りの神社とはくらべものにならないほど大きくて、大きいのが始末の悪いようなものでございますね。裏の杉を十本ほど、主人が勝手に売ったことで、ただ今、問題を起しております。私は東京へ逃げて参りましたの。」

「…………。」

「思い出というのはありがたいものでございますね。人間はどんな境遇になりましても、昔のことを覚えていられるなんて、きっと神さまのお恵みでございますわ。弓浦の町の坂をおりる道に、お祭りのあの社、子供が多いので、香住さんは寄らないで行こうとおっしゃいましたけれど、御手洗のそばの小さい椿に、花びらの薄い八重の花が二つ三つついていたのが見えましたでしょう。私、今でも、あの椿はどんなに心のやさしい人が植えてくれたのかと、思い出すことがございます。」

婦人客の弓浦の追憶の一場面には、香住も登場人物なのが明らかである。香住もその椿や弓形の港の夕焼けは、婦人客の話に誘われて頭に浮んで来るようではある。しかし、回想という世界で、香住は婦人客と同じ国にはいってゆけぬもどかしさがあった。その国の生者と死者とのような隔絶である。香住はその年齢にしては人並はずれて記憶力が衰耄している。顔なじみの人と長いこと話していながら、その人の姓名を思い出せぬことは始終である。そういう時の不安には恐怖が加わって来る。今も婦人客にたいして、自分の記憶を呼び起そうとするのに、空をつかむ頭が痛み出しそうだった。

「あの椿を植えた人を思い出しますにつけても、私は弓浦の部屋をもっとよくしておけばよかったと考えますの。香住さんはあの時一度お越し下さったきりでございますし、それから三十年もお会いしないで過ぎるようなことになるのでございますもの。あの時も少しは娘らしく部屋を飾っていたのではございますけれど……。」

香住はその部屋がまったく思い浮んで来ないので、額に立皺でも出て、表情がやや険しくなったのか、

「ぶしつけに突然うかがいまして……。」と、婦人客は帰りのあいさつをした。「長いあいだお目にかかりたいと思って、おりましたので、こんなうれしいことはございません。あのう、また、いろいろお話しに、またうかがわせていただいてよろしゅうございましょうか。」

「はあ。」

先客をいくらかはばかって、婦人客はなにか言いそびれたような口調だった。そして、香住が見送りに廊下へ出て、うしろの障子をしめると、婦人客が急に体つきをゆるめる

のに、香住は自分の目を疑った。いつか抱かれたことのある男に見せる体つきなのだ。

「さきほどのはお嬢様ですか。」

「そうです。」

「奥さまにはお目にかかれませんでしたわ。」

香住は答えないで、玄関へ先きに立って行った。玄関で婦人客が草履をはく後姿に、

「弓浦という町で、僕はあなたのお部屋まで行ったんでしょうか。」

「はい。」と、婦人客は肩から先に振り向いて、「結婚しないかとおっしゃって下さいましたわ。私の部屋で。」

「ええっ？」

「その時はもう私、今の主人と婚約しておりましたから、そう申し上げて、おことわりいたしましたけれど……。」

香住は胸を突かれた。いかにもの覚えが悪くても、結婚の申しこみをしたことをまるで忘れ、その相手の娘をよく思い出せない自分に、おどろきよりも不気味だったのだ。香住は若い時からむやみに結婚を申しこむような男ではなかった。

「おことわりした事情を、香住さんはおわかり下さいました。」と、婦人客は言いなが

ら、大きい目に涙ぐんだ。そして、短い指をふるわせて、手提げから写真を出した。

「これが、息子と娘でございます。今の娘のことで、私よりもずっと背は高いんでございますけれど、若い時の私によく似ております。」

写真で小さいが、娘は目が生き生きと、顔形も美しかった。香住は三十年ほど前にこのような娘と旅先きで会って、結婚したいと言ったことがあるのだろうかと、その写真の娘に見入った。

「いつか娘をつれて参りますから、あの時分の私を見ていただけますでしょうか。」と、婦人客は声にも涙がまじるようで、「息子にも娘にも、香住さんのことは始終話してございますから、よく存じ上げてなつかしいお方のように言っております。私、二度ともつわりがひどくて、少し頭がおかしくなったりいたしましたけれど、その時よりも、つわりがおさまって、おなかの子が動きはじめのころに、この子は香住さんの子じゃないかしらと、ふしぎに思うのでございますよ。台所で刃物を研いでおりましたりして……。そのことも二人の子供に話してございます。」

「そんな……、それはいけない。」

香住は後の言葉が出なかった。

とにかく、この婦人客は香住のせいで、異常な不幸に落ちているらしかった。その家族までもが……。あるいは、異常な不幸の生涯を、香住の追憶によって慰めているのかもしれなかった。家族までもいくらか道づれにしながら……。

しかし、弓浦という町で香住に邂逅した過去は、婦人客に強く生きているらしいが、罪を犯したような香住には、その過去が消え失せてなくなっていた。

「写真をおいて参りましょうか。」と、言うのに、香住は首を振って、

「いや。」

小柄な婦人の後姿は小股に門の外へ消えた。

香住は日本の詳しい地図と全国市町村名を本棚から抱えて、座敷へもどった。三人の客にもさがしてもらったが、弓浦という地名の市は、九州のどこにも見あたらなかった。

「おかしいですよ。」と香住は顔を上げると、目をつぶって考えた。

「僕は戦争前には、九州へ行ったおぼえがないようですがね。確かにないな。そうだ、沖縄戦の最中に、海軍の報道班員として、鹿屋の特攻隊の基地へ飛行機で送られたのが、初めての九州ですよ。その次ぎは、長崎へ原子爆弾のあとを見に行った。その時に長崎の人たちから、三十年前に貴田さんや秋山さんが来た話も聞いたんです。」

三人の客たちは今の婦人客の幻想か妄想について、こもごも意見を言っては笑った。勿論、頭がおかしいという結論である。しかし、香住は婦人客の話を半信半疑で聞きながら、記憶をさがしていた、自分の頭もおかしいと思わないではいられなかった。この場合、弓浦市という町さえなかったものの、香住自身には忘却して存在しないが、他人に記憶されている香住の過去はどれほどあるか知れない。香住が死んだ後にも、今日の婦人客は、香住が弓浦市で結婚を申しこんだと思いこんでいるにちがいないのと、同じようなものだ。

「新潮」昭和三十三年一月

解説

島村　利正

この「月下の門」には、川端さんの随想、小品の十八篇と、四篇の短かい小説が収められている。川端さんがいままでに書かれた、多くの作品をふり返ってみると、初期のものには、川端さんの素顔がそのまま描き出されているような、私小説風の作品が何篇かあるが、しかし、その数はあまり多くないようである。すでに知られている通り、幼少のころに両親をうしなっている川端さんは、祖父の手によって育てられ、またその祖父は、川端さんが十五才のときに亡くなっている。

川端さんが二十二才のときに発表された短篇「招魂祭一景」が、文壇的に好評を得た処女作とされているようであるが、この作品は別として、そのころの二、三年の間に書かれたいくつかの作品のなかには、肉親的に薄幸だった、少年期の川端さんの姿が、簡潔な文章であざやかに描かれており、また一高から東大にすすんだ川端さんと、岐阜生れの少女との恋愛を扱った、私小説風のいくつかの作品のなかにも、川端さんの若いころの素顔を見ることが出来るようである。

しかし一方、川端さんのやはり初期の作品に、よく知られている「掌の小説《てのひら》」というのがある。短かいものは原稿用紙にして二枚ぐらいからの、短篇小説のあつまりである。いまこれを読むと、その才能の豊かさと萃々しさに、あらためて圧倒され、文学的香気を放ちながら、これだけ人間の機微を描いた、この「掌の小説」の見事さに、いまさらのように駭くのであるが、これらの作品には、同じ初期のものでありながら、私小説風の匂いの認められるものは極めてすくないのである。

川端さんの文学の系譜には、以上のように、そのスタートの上では、私小説風のものと、そうでないものとの、ふた通りの作風があったように見受けられるが、私小説風のものは、私小説風の趣きと味わいをのこしながら、次第に、いわゆる私小説ではない、独自な境域への完成を辿っていったようで、初期にみられたふた通りの作風は、やがて綯《な》いまぜ合され、昇華され、しかも、その昇華の痕跡さえものこさず、幽玄ともいうべき、すぐれた作品結晶体を次々につくり出して、今日に至っているように思われるのである。

この短かい解説のなかで、川端さんの文学の特質と全貌を語ることなど、到底不可能なことではあるが、川端さんの多くの読者は、川端さんのこのような作品に接したとき、作者である川端さんの素顔を、いつもすぐに、心に思いうかべるに違いない。川端さんの作品の、私小説風なしっとりした味わいが、非常に近い距離から、読者を親し気につつみこんでくるからである。

読者は、川端さんの作品にひきこまれ、作者である川端さんと同じような気持で、作品のなかの世界を歩きまわり、いつの間にか、その作品の主人公になったような気持にさえなってくるかも知れない。しかし、読み終って、ふと気がついてみると、作品の感銘のふかさとは別に、一緒にいて下さった筈の作者の川端さんは、もう手のとどかないどこかへ消え去っている——。これは、すぐれた文学作品の持つ、ひとつの秘密であるかも知れないが、川端さんの作品の場合、特にこういう印象がつよいようである。

この「月下の門」のなかには、冒頭にしるしたように、随想、小品のほか、四篇の短かい小説が末尾に収録されているが、これらの作品は、最初の「油」が大正十年の二十二才、「伊豆の踊子」が大正十五年の二十七才、「再会」が昭和二十一年の四十七才、「弓浦市」が昭和三十三年の五十九才という順序で発表されたものである。

作品の上から川端さんの素顔をさぐろうとするには、まだ多くの作品をあげなければならないが、この四篇は、短かいもののなかで、そしてそれぞれの時期において、いちばん濃く、川端さんの素顔に近い味わいを感じとれる作品のように思われるのである。しかし、いわゆる私小説風の意味合いから云えば、この四篇の小説は、川端さんのすがたをふかく映しながらも、また実在のモデルも登場こそするが、描かれてある主人公のすべてが、川端さんそのものとは限らないのである。いちばん初期の、少年期を描いた「油」についても「父か母かの葬式の時に私が仏前の燈明をいやがったと、これだけを伯母から聞いて」書き、なかに出てくる油嫌いその他はみなつくりごとで、割にほんとうらしくつくってある、と、川端さんは別なところで云っておられる。しかしここには、紛れもなく、川端さんの少年期の姿がうつし出されていると思われるのである。

「伊豆の踊子」は長篇の「雪国」と同じように、あまりにも著名な作品であるが、伊豆を第二の故郷のように愛し、伊豆に材をとった川端さんの作品はほかにもいくつかあるが、この「伊豆の踊子」の清純な抒情性は、若い読者のいちどは通過する門とも云えるようで、この一高生の主人公に「油」の少年をつなぎ合せてみると、いっそう深い趣きが感じられるように思われるのである。

「伊豆の踊子」につづいては、昭和八年、三十四才のときの作品「寝顔」と「禽獣」の二篇について触れたかったが、ここでは都合で「再会」そして「弓浦市」とつづくことになった。

「再会」は敗戦直後の、鎌倉の古い由緒ある神社の催しや、また、瓦礫の東京の街を背景に、そのころの川端さんの胸にひそむ「日本のこころ」を歌ったような作品である。この作品の主人公は、川端さんであって、川端さんではないのである。敗戦後の川端さんの第一作であり、この作品の持つ哀しいような色どりが胸を打ってくる、美しい作品である。

「弓浦市」この作品のなかの弓浦市というのは、地図にも載っていないし、実在もしない。また訪問してきた婦人客も、幻の人物であるかも知れない。静かに応待している主人公も、川端さんの影であるかも知れない。年齢の重みを感じさせながら、妖しいような人間のこころの翳りを描いて、鬼気を覚えさせる作品である。

さてこの解説は、川端さんの作品のことからさきにはいってきたわけであるが、小説を通して川端さんの素顔を模索してきて、同じその眼で、この「月下の門」に収録されている随想、小品にはいってゆくと、読者はそこに、思いがけないほど鮮やかな川端さんの素顔を発見して、いまさらのように駭くに相違ない。

川端さんの随想は、初期から数えて、その数はあまり多くない。川端さんは、作家として活躍しはじめたころから、ひとの稟質のよさに気づくと、それを認め、そしてそれをあたたかく推している。川端さんの文学時評ではげまされ、力を得た作家は、現在でも随分多くいるに違いない。故人のなかでも、岡本かの子や北条民雄のことはあまりにもよく知られている。

しかし川端さんは、自分を語った文章はすくないのである。昭和九年三十五才のときに書かれた「文学的自叙伝」のなかにも、自分を語るを好まない、という言葉が見えるが、中年期から老年期にはいられて、自分の身辺を語った随筆風な文章は、いっそうすくなくなったようである。またそれだけに、きびしく、ふかく、すぐれたものが多いようである。

一の「月下の門」は「政子の手紙」「大雅の仁王図」「呉清源」「黒百合など」「月見」の五篇からなっている。最初に、伝平政子の手紙のことから、碁盤や古美術品のことに触れ、呉清源、黒百合、月見のことなど縦横に語られているが、それらはすべて、作家の魂から出発して、作家の魂にきびしく帰っている。その魂の仰ぎ見る門が、月下の門であろうか。川端さんが古美術のことにふかくはいってゆかれたのは、日本が戦いに敗れ、その史上稀にみる悲惨さの故に、いっそう日本の美しさが偲ばれ思われたそのころからのようで、戦後の昭和二十二年に書かれた二のなかの「哀愁」にも、そのことがうかがえるようである。

「鎌倉の書斉から」は、やはり「夢」「眠り薬」「新鮮」の三篇からなっている。このなかの「眠り薬」を読むと、川端さん自身より、読むひとの方がいっそう驚かされてしまうに違いない。「新春随想三篇」は「世界の佳人」「犬年」「古都など」の三篇である。川端さんは知られているように、ペンクラブの会長をつとめ、その任期のなかで日本での大会をひらいているが、国際人のなかでの川端さんの気苦労もさることながら、主催国の作家代表としての川端さんの素顔は、来日の外人たちにもこの文章をみせたいくらいに、さわやかな誠実さで充ちている。また「古都など」は、四のなかの「京都」と、この集ではふたつの京都が語られていることになるが、この二篇の随想の書かれた前後で、川端さんは長篇小説「古都」を完成されている。

二の「秋山居」は、太平洋戦争のはじまる一年前の軽井沢で書かれたものである。アメリカ人やイギリス人によってひらかれた軽井沢から、アメリカ人やイギリス人が引きあげ、そのかわりにドイツ人が増えて集会がひらかれたりする。大戦の気配はもう膚にまで感じられる時期であるが、川端さんの澄んだ眼は高原の秋のたたずまいのなかに沈んで、いっそう静かなものを思わせる。「岩に菊」これは随想ではなく、小説として解説しなければいけないのであろうが、故郷で見覚えている大きな岩と、それに咲く可憐な菊の花の伝説から、鎌倉を中心とした多くの石造美術を語り、そこに生と死の影をのぞかせている。「暁に祈る」と「行きどまり」は、四の「京都」「旅のおもしろ」と同じように「自慢十話」のなかの文章である。

三の「末期の眼」は昭和八年「純粋の声」は昭和十年に発表されたものであるが、川端さんはそのころ「禽獣」を書き、また「雪国」の最初を書きはじめている。大戦のきざしはまだ遠いかに見えるが、やがて軍国主義一色に塗りつぶされようとする一時代前で、そのころの、作家としての川端さんの姿勢のよくわかる、すぐれた文章である。「永井荷風の死」は、明治、大正、昭和にまたがり、屈指の作家と仰ぎ見られた荷風の孤独、痛切な死が、川端さんの眼にどのように映ったか。この文章には、単なる哀傷をこえた、川端さんのふかい思いがひそんでいるようである。

「美智子妃殿下」川端さんは二の「秋山居」を書かれてから二十二年を経て、同じ軽井沢で、美智子妃殿下をはじめ、皇太子殿下御一家の御訪問を受けられている。皇室のことをそのままに書かれた、数すくない貴重な文章である。

四の「伊豆温泉記」は、昭和四年に発表されたものである。川端さんは高校生のころから伊豆に旅して伊豆にくわしく、前述の「伊豆の踊子」をはじめ、いくつかの伊豆に取材した小説や随筆を書かれているが、この「伊豆温泉記」は、現在の伊豆の温泉場にとって、貴重な古典となるのではないだろうか。また「伊豆行」は「伊豆の踊子」の作者として、伊豆にゆき難くなってしまった川端さんが、何十年ぶりかで湯ケ野、湯ケ島等を訪れる短かい随想であるが、湯ケ野、湯ケ島の宿には、川端さんがむかし泊った部屋が、そのままのかたちでのこっているようである。

「旅のおもしろ」「ニユウヨオクで」「旅信抄」の三篇は、ペンクラブの関係で、海外旅行の多くなった川端さんの一面がうかがわれるが、音速のジェット機で、夢寝の間に異国のかなたへ身をうつしても、川端さんの日本的静和はすこしも変らないようである。そして、その静和のなかに、異国での孤独とは異った、川端さん特有の孤独の影を、ふと感ずるような思いがするのである。

昭和四十二年九月

月下《げっか》の門《もん》

一九六七年一二月一日　第一刷発行
二〇一二年四月一〇日　新装改訂版第一刷発行

著　者　川端康成《かわばたやすなり》
発行者　佐藤　靖
発行所　大和《だいわ》書房
東京都文京区関口一-三三-四　〒一一二-〇〇一四
電話番号　〇三-三二〇三-四五一一
郵便振替　〇〇一六〇-九-六四二二七

装　丁　寄藤文平（文平銀座）
印　刷　シナノ
製　本　ナショナル製本

ISBN978-4-479-88039-4
乱丁本・落丁本はお取替えいたします
http://www.daiwashobo.co.jp

（編集部付記）

本書中に、現代においては不当、不適切と思われる語句・表現がありますが、書かれた時代の背景を重んじ、著者の表現をそのまま用いております。